JN164313

新版 作品で読む明治文学

京都橘大学日本語日本文学科 編

新典社

目 次

序章　日本の近代文学 …… 5
Ⅰ　森鷗外『舞姫』（『国民之友』明治二三年一月）…… 15
Ⅱ　樋口一葉『たけくらべ』（『文学界』明治二八年一月～二九年一月）…… 29
Ⅲ　泉鏡花『高野聖』（『新小説』明治三三年二月）…… 47
Ⅳ　田山花袋『蒲団』（『新小説』明治四〇年九月）…… 67
Ⅴ　夏目漱石『三四郎』（『朝日新聞』明治四一年九月一日～一二月二九日）…… 87
Ⅵ　谷崎潤一郎『刺青』（『新思潮』明治四三年一一月）…… 111

序章　日本の近代文学

本書では、森鷗外『舞姫』、樋口一葉『たけくらべ』、泉鏡花『高野聖』、田山花袋『蒲団』、夏目漱石『三四郎』、谷崎潤一郎『刺青』という、明治を代表する文学作品のとくに重要な箇所だけを、選び出して収録（『刺青』は全文収録）した。本書を一読すると、これらの作品を、すべてではないが、大まかには読んでいただける構成になっている。だが、ただ作品そのものを読むだけでは、なかなかその文学作品を本質的に理解することはできない。本書に収めたのはどれも百年くらい前に発表された作品ばかりであり、現代とは、文学をめぐる環境がまったく異なっていた。今とは異なる社会環境、文化的環境を背負って、執筆されているわけだ。作品を読むための予備知識が必要になってくる。

そこで、まずは序章として、日本の近代文学の流れを説明したい。本書を読み始めるにあたって、ぜひ、この序章にも目を通し、明治の日本文学について勉強してみて欲しい。作品の理解が、ぐっと深まるに違いない。

写実主義（明治二〇年前後）

日本の近代文学が坪内逍遙の『小説神髄』と二葉亭四迷の『浮雲』に始まることは、すでに高等学校の授業で習ったのではないだろうか。しかし、正確には、自覚的な文学改良運動のスタートが、逍遙の『小説神髄』であったと言うべきである。『小説神髄』の画期的革新性は、文学それ自体の芸術的価値を主張したところにあったと言える。具体的には、逍遙はここで勧善懲悪思想の否定（つまり、道徳を啓蒙するために文学を利用すること、あるいは文学がなんらかのイデオロギーに追随することの否定）、科学的客観的な「人情」（人間の内面）とそれの集積である「世態風俗」の写実を主張している。ここにこそ、文学それ自体の価値があると、逍遙は訴えたのである。

二葉亭四迷は逍遙の主張が抱えていたある限界性を補完する形で登場したと言える。その限界性とは、『小説神髄』では小説をどのように書くべきかは主張されていたが、何を書くべきかについては言及されていなかったことを指す。

この問題について取り組んでいるのが二葉亭の『小説総論』である。ロシアの批評家ベリンスキーの影響を受けて執筆されたこの書物では、虚構による普遍的真実（これが二葉亭の「写実」概念）の表現に芸術の使命があると主張した。いつの時代にも変わらないものを文学は描かなければならないと訴えたわけである。有名な『浮雲』はその実践とも言うべき作品である。そこには、免職をきっかけとして婚約者の気持ちが同僚に移っていき、苦悶する主人公、内海文三が描かれている。この作品は、自意識の葛藤、知識人の弱さ、エゴ、官僚の腐敗など、テーマの先駆性において時代を卓越している。

擬古典主義（明治二〇年代後半）

明治二〇年代に入ると、一〇年代の欧化主義の反動で日本回帰が盛んに叫ばれるようになる。そのような状況の下で、文学においても西鶴調の文章が流行し、擬古典主義が成立した。代表的な作家としては硯友社を率いた尾崎紅葉がいる。ただ、ここで見逃してはならないのは、紅葉もやはり逍遙の写実主義の影響下にあったということだ。何を書くべきか明確にしなかった逍遙の写実主義が古典と結びつき、後ろ向きに実現される形で登場したのが、擬古典主義であるとも言えよう。しかし、樋口一葉は、擬古典主義とされ西鶴文体によって傑出した作品を書いてはいるが、信如との初恋も叶わぬまま、遊女になるべき宿命を受け入れていく『たけくらべ』の美登利にせよ、『にごりゑ』のお力にせよ、彼女が描いた女性の苦しみは、自分のための人生を生きることを許されない苦悶や、社会への怨嗟が基調に流れている。その意味において、浪漫主義や社会小説と交錯する面を持っている。以下に、初店が決まった（すでに初店を済ませたという解釈もある）美登利の様子を記した『たけくらべ』の一節を紹介しておく。

すべて昨日の美登利の身に覚えなかりし思いをもうけて物の耻かしさ言うばかりなく、成事《なること》ならば薄暗き部屋のうちに誰《た》れとて言葉をかけもせず我が顔ながむる者なしに一人気ままの朝夕を経たや、さらばこのようの憂き事ありとも人目つつましからずはかくまで物は思うまじ、いつまでもいつまでも人形と紙雛《あね》さまとをあい手にして飯事《ままごと》ばかりしていたらばさぞかし嬉しき事ならんを、ええ厭や厭や、大人に成るは厭やな事、何故このように年をば取る、もう七月《ななつき》十月《とつき》、一年も以前《もと》へ戻りたいにと老人じみた考えをして

樋口一葉『たけくらべ』

浪漫主義（明治二〇年代後半から三〇年代）

浪漫主義文学とは中世的社会から近代社会への移行期において登場する、個人の自由や権利を抑圧する社会に向かって、個の解放を主張する文学を指す。歴史的にはどの国においても、浪漫主義文学が文学史上一時期を画している。日本においては、明治二〇年代後半から三〇年代にかけて浪漫主義文学は文壇を席巻した。先駆的作品としては、エリスとの愛と立身出世の狭間で苦しむ太田豊太郎の苦悶を描いた森鷗外の『舞姫』があるが、浪漫主義の代表作が次々と発表されるのは、むしろ明治三〇年代になってからである。代表作品としては、旅の僧が木曽山中において、色情をもって近づいた男を獣に変える「婦人《おんな》」に出会う泉鏡花の『高野聖』。夜ひとり灯に向かい個なる自己を感じると、だれもかれも懐かしく思い出されると記されている、国木田独歩の『忘れえぬ人々』がある。この作品には、主人公大津の思想が次のように要約的に語られている。

我れと他と何の相違があるか、皆これこの生を天の一方地の一角に享けて悠々たる行路を辿り、相携えて無窮の天地に帰る者ではないか、というような感が底から起って来て我知らず涙が頰をつたうことがある。その時は実に我もなければ他もない、ただ誰れも彼も懐かしくって、忍ばれてくる。

『僕はその時ほど心の平穏を感ずることはない、その時ほど自由を感ずることはない、その時ほど名利競争の

俗念消えて総ての物に対する同情の念の深い時はない。

国木田独歩『忘れえぬ人々』

自然主義（明治四〇年代）

日露戦争によって日本の資本主義経済は急速に発展し、貧富の差の拡大、思想弾圧の強化など、日露戦後の社会に暗い空気をかもすようになった。その結果、浪漫主義は現実的基盤を失っていく。そのような彼らがヨーロッパ自然主義の既成道徳を無視したリアリズムに影響を受ける形で日本の自然主義は成立した。したがってその作風は、詩人的な自己告白と現実暴露を目指す自然主義が重ね合わさったものとなっており、作家の実生活上における醜悪の告白という形態をとる作品が主流を占めている。代表作品としては、被差別部落出身者である瀬川丑松の苦悩を描いた、島崎藤村『破戒』。主人公である中年作家が女弟子、横山芳子に恋をするも、若い学生が女弟子と関係を結んでしまうという筋の中で主人公の性欲を大胆に描写した田山花袋の『蒲団』がある。この作品の結末は芳子が去った後、彼女が使っていた蒲団に主人公、竹中時雄が入り、思いを馳せるところで終わっている。

芳子が常に用いていた蒲団――萌黄唐草《もえぎからくさ》の敷蒲団と、綿の厚く入った同じ模様の夜着とが重ねられてあった。時雄はそれを引出した。女のなつかしい油の匂いと汗のにおいとが言いも知らず時雄の胸をときめかした。夜着の襟《えり》の天鵞絨《ビロード》の際立って汚れているのに顔を押附けて、心のゆくばかりなつかしい女の匂いを嗅いだ。

性慾と悲哀と絶望とが忽《たちま》ち時雄の胸を襲った。時雄はその蒲団を敷き、夜着をかけ、冷めたい汚れた天鵞絨の襟に顔を埋めて泣いた。

薄暗い一室、戸外には風が吹暴《ふきあ》れていた。

田山花袋『蒲団』

高踏派／余裕派（明治四〇年代から大正）

具体的には夏目漱石と森鷗外を指す。両者は明治四〇年ころから四三年ころまで、文壇の主流に立ったが、無理想無解決あるいは虚無的な人生態度を否定し、人生全般、社会全般を高所から見渡し、解決の道を模索しようとしたところにその共通点がある。しかも二人とも洋の東西に通じた豊かな教養に加えて、ヨーロッパの近代的な知性を吸収しており、留学体験を通じて、日本の問題を広い視野から見る洞察力を備えていた。同時に二人とも国家や国民に対する責任意識が強く、それぞれの作品には、社会や文明の問題を内包する共通の傾向があった。たとえば、鷗外の『青年』では、「個」なるものを自然主義のように欲望として捉えるのではなく倫理的衝動として捉えるべきことが、提唱されている。漱石の『三四郎』では、野々宮が自分に振り向いてくれないと見極めをつけ、他の男性に嫁いでいく美禰子を明治という時代が生んだ典型人物として描いている。また、『三四郎』では熊本から上京した三四郎の視点を通じて、明治四〇年代の東京の風景が次のように描写されている。

　三四郎が東京で驚いたものは沢山ある。第一電車がちんちん鳴るので驚いた。それからそのちんちん鳴る間に、非常に多くの人が乗ったり降りたりするので驚いた。次に丸の内で驚いた。尤も驚いたのは、何処まで行っても東京がなくならないという事であった。しかも何処をどう歩いても、材木が放り出してある、石が積んである、新しい家が往来から二三間引込んでいる、古い蔵が半分取崩されて心細く前のほうに残っている。凡《すべ》ての物が破壊されつつあるやうに見える。そうして凡ての物が又同時に建設されつつある様に見える。大変な動き方である。
（中略）明治の思想は西洋の歴史にあらわれた三百年の活動を四十年で繰り返している。　夏目漱石『三四郎』

新浪漫主義／耽美派（明治四〇年代から大正）

新浪漫主義の文学もまた、自然主義の発生要因であった、日露戦後の社会における理想の喪失、現実面の混迷と悲哀から出発している。したがって、その底流にあるのは、日露戦後の俗悪が支配する社会への抵抗ではあるが、その姿勢は遊戯的性格が濃厚である。すなわち、新浪漫主義の文学は抵抗を官能的自由の解放、あるいは官能肉体面における自己肯定として表現したのである。したがってその作風は芸術至上主義的であり、都会情緒、異国情緒、江戸情緒に惑溺し、自由と解放の幻覚を楽しむものとなっている。代表作品としては、異国の地にあって味わった悲哀や絶望、官能享楽を描いた永井荷風の『あめりか物語』『ふらんす物語』、刺青師清吉が理想の女性美を完成するために女郎蜘蛛の刺青を施す谷崎潤一郎の『刺青』がある。『刺青』は谷崎文学の特質をはやくも表しており、この作品に描かれたフット・フェティシズムは、物神崇拝を通じての女性美崇拝を男のマゾヒズムとして感ずるところに、谷崎の悪魔主義的傾向が顕著に現れている。『刺青』の冒頭には次のように記されている。

それはまだ人々が「愚《おろか》」と云う貴い徳を持っていて、世の中が今のように激しく軋《きし》み合わない時分であった。殿様や若旦那の長閑《のどか》な顔が曇らぬように、御殿女中や華魁《おいらん》の笑いの種が尽きぬようにと、饒舌《じょうぜつ》を売るお茶坊主だの幇間だのと云う職業が、立派に存在して行けた程、世間がのんびりしていた時分であった。女定九郎《さだくろう》、女自《じ》雷也《らいや》、女鳴神《なるかみ》、――当時の芝居でも草双紙でも、すべて美しい者は強者であり、醜い者は弱者であった。

谷崎潤一郎『刺青』

白樺派（大正期）

大正期になると儒教的武士道的倫理が後退し、西洋風のデモクラシー思想や個人主義観念に知識人の理想が移行していく。それにともない世界の芸術や文化を享受して個性を一層完成したものにしようとする、いわゆる大正教養主義が花開くことになる。白樺派の文学はこのような時代の雰囲気をもっとも濃厚に内包している。白樺派の文学は人道主義の文学とも言われるが、人道主義とはキリスト教的な人類愛をもって社会を秩序たらしめようとする道義的な社会改革思想であり、その代表的な文学者がトルストイであった。白樺派はこのトルストイに学び、人道主義を奉じた文学者のグループであり、とくに中心的人物である武者小路実篤はこの傾向が強かった。彼は「雑感」という随筆において次のように語っている。

　自分は人類の立場ですべてを見る。
　万人が兄弟であることを実に強く感じる。人類は十何億力をもった人間である。その頭脳と、その肉体の力が本当に生きたら大したことをする。

武者小路実篤「雑感」

　ここからも分かるように、自然主義が肯定した自己とは反道徳的な個人的欲望であったが、白樺派の場合、人類の意志が宿る自己、人類の幸福を希求する自己の絶対肯定とそのような自己のさらなる完成に、人生における至上の価値を置くところに、その思想上の傾向がある。代表作品としては、自身の初恋体験に材を得た作品で、彼の楽天的な自己肯定を顕著にうかがうことができる武者小路実篤の『お目出たき人』。主人公と女中との結婚を父親に反対されたことをめぐっての父子の対立を描いた志賀直哉の『大津順吉』。父親との和解を描いた同じく志賀の『和解』。主人公、早月葉子がその激しい性格ゆえ恋愛にのめりこんでいき、愛欲のなかに破滅していく様を描いた有島武郎の『或る女』がある。

新現実主義／新思潮派（大正期）

　自然主義文学が作家個人の内面を描いたのに対して、新現実主義は、人間個人と社会との対立をテーマとして、社会と個人の関係を追求していくところに特徴がある。とくにいちじるしい傾向としては、理知をもって社会と個人の関係を分析した上で虚構によって具象化していく点。また、人間の内面の描き方についても、作者個人の心理ではなく、人間一般に共通する普遍的心理として描き出す点が挙げられる。エゴイズムの悪循環を王朝時代の下人と死人の髪の毛を抜く老婆のやりとりを通じて表現した、芥川龍之介の『羅生門』。芸術のためにモラルだけでなく命さえ捧げて悔いない絵師良秀と、芸術家を現世の権力によって支配しようとする大殿との対立葛藤を描いた、同じ芥川の『地獄変』。一封建領主の横暴をとりあげて、その原因は周囲の者が領主を人間としてあつかわぬところにあるとして取り出してみせた菊池寛の『忠直卿行状記』がある。

ここでは、『羅生門』の結末、死人の髪を抜く老婆の「これとてもやはりせねば、餓死をするじゃて、仕方がなくする事じゃわいの」という言葉を聞いた下人の様子を描写した、次の言辞を紹介しておきたい。

「では、己が引剥《ひはぎ》をしようと恨むまいな。己もそうしなければ、餓死をする体なのだ」

下人は、すばやく、老婆の着物を剝ぎとった。それから、足にしがみつこうとする老婆を、手荒く死骸の上へ蹴倒《けたお》した。梯子の口までは、僅《わずか》に五歩を数えるばかりである。下人は、剝ぎとった檜皮色《ひわだいろ》の着物をわきにかかえて、またたく間に急な梯子を夜の底へかけ下りた。

暫《しばらく》、死んだように倒れていた老婆が、死骸の中から、その裸の体を起したのは、それから間もなくの事である。老婆はつぶやくような、うめくような声を立てながら、まだ燃えている火の光をたよりに、梯子の口まで、這って行った。そうして、そこから、短い白髪を倒《さかさま》にして、門の下を覗きこんだ。外には、ただ、黒洞々たる夜があるばかりである。

下人の行方は、誰も知らない。

芥川龍之介『羅生門』

I

森鷗外『舞姫』

（『国民之友』明治二三年一月）

（1）

石炭をば早や積み果てつ。中等室の卓《つくえ》のほとりはいと静にて、熾熱燈《しねつとう》の光の晴れがましきも徒《いたずら》なり。今宵は夜毎にここに集い来る骨牌《カルタ》仲間も「ホテル」に宿りて、舟に残れるは余一人のみなれば。（中略）こたびは途に上りしとき、日記《にき》ものせんとて買いし冊子もまだ白紙のままなるは、独逸《ドイツ》にて物学びせし間《ま》に、一種の「ニル、アドミラリイ」の気象をや養い得たりけむ、あらず、これには別に故あり。

（2）

げに東《ひんがし》に還る今の我は、西に航せし昔の我ならず、学問こそなお心に飽き足らぬところも多かれ、浮世のうきふしをも知りたり、人の心の頼みがたきは言うも更なり、われとわが心さえ変り易きをも悟り得たり。きのうの是はきょうの非なるわが瞬間の感触を、筆に写して誰にか見せむ。これや日記の成らぬ縁故なる、あらず、これには別に故あり。

（3）

嗚呼《ああ》、ブリンヂイシイの港を出でてより、早や二十日あまりを経ぬ。世の常ならば生面《せいめん》の客にさえ交《まじわり》を結びて、旅の憂さを慰めあうが航海の習《ならい》なるに、微恙《びよう》にことよせて房《へや》の裡にのみ籠りて、同行の人々にも物言うことの少きは、人知らぬ恨に頭《かしら》のみ悩ましたればなり。この恨は初め一抹の雲の如く我心を掠《かす》めて、瑞西《スイス》の山色をも見せず、伊太利《イタリア》の古蹟にも心を留めさせず、中頃は世を厭い、身をはかなみて、腸《はらわた》日ごとに九廻すともいうべき惨痛をわれに負わせ、今は心の奥に凝り固まりて、一点の翳とのみなりたれど、文《ふみ》読むごとに、物見るごとに、鏡に映る影、声に応ずる響の如く、限なき懐旧の情を喚び起して、幾度となく我心を苦む。嗚呼、いかにしてか此恨を銷《しょう》せむ。若し外の恨なりせば、詩に詠じ歌によめる後は心地すがすがしくもなりなむ。これのみは余りに深く我心に彫《え》りつけられたればさはあらじと思えど、今宵はあたりに人も無し、房奴《ぼうど》の来て電気線の鍵を捩《ひね》るにはなお程もあるべければ、いで、その概略を文に綴りて見む。

（４）

余は幼き比《ころ》より厳しき庭の訓《おしえ》を受けし甲斐に、父をば早く喪いつれど、学問の荒み衰うることなく、旧藩の学館にありし日も、東京に出でて予備黌《よびこう》に通いしときも、大学法学部に入りし後も、太田豊太郎という名はいつも一級の首《はじめ》にしるされたりしに、一人子の我を力になして世を渡る母の心は慰みけらし。十九の歳には学士の称を受けて、大学の立ちてよりその頃までにまたなき名誉なりと人にも言われ、某省に出仕して、故郷なる母を都に呼び迎え、楽しき年を送ること三とせばかり、官長の覚え殊《こと》なりしかば、洋行して一課の事務を取り調べよとの命を受け、我名を成さむも、我家を興さむも、今ぞとおもう心の勇み立ちて、五十を踰《こ》えし母に別るるをもさまで悲しとは思わず、はるばると家を離れてベルリンの都に来ぬ。

余は模糊《もこ》たる功名の念と、検束に慣れたる勉強力とを持ちて、たちまちこの欧羅巴《ヨーロッパ》の新大都の中央に立てり。何等の光彩ぞ、我目を射むとするは。何等の色沢ぞ、我心を迷わさむとするは。

（５）

かくて三年《みとせ》ばかりは夢のごとくにたちしが、時来れば包みても包みがたきは人の好尚なるらむ、余は父の遺言を守り、母の教に従い、人の神童なりなど褒《ほ》むるが嬉しさに怠らず学びし時より、官長の善き働き手を得たりと奨《はげ》ますが喜ばしさにたゆみなく勤めし時まで、ただ所動的、器械的の人物になりて自ら悟らざりしが、今二十五歳になりて、既に久しくこの自由なる大学の風に当りたればにや、心の中なにとなく妥《おだやか》ならず、奥深く潜みたりしまことの我は、ようよう表にあらわれて、きのうまでの我ならぬ我を攻むるに似たり。余は我身の今の世に雄飛すべき政治家になるにも宜《よろ》しからず、また善く法典を諳《そら》んじて獄を断ずる法律家になるにもふさわしからざるを悟りたりと思いぬ。

余は私《ひそか》に思うよう、我母は余を活きたる辞書となさんとし、我官長は余を活きたる法律となさんとやしけん。辞書たらむはなお堪うべけれど、法律たらんは忍ぶべからず。（中略）また大学にては法科の講筵を余所《よそ》にして、歴史文学に心を寄せ、ようやく蔗《しょ》を嚼《か》む境に入りぬ。

官長はもと心のままに用いるべき器械をこそ作らんとしたりけめ。独立の思想を懐《いだ》きて、人なみならぬ面もちしたる男をいかでか喜ぶべき。危きは余が当時の地位なりけり。

（6）

わが心はかの合歓《ねむ》という木の葉に似て、物触《さや》れば縮みて避けんとす。我心は処女に似たり。余が幼き頃より長者の教を守りて、学《まなび》の道をたどりしも、仕《つかえ》の道をあゆみしも、皆な勇気ありて能くしたるにあらず、耐忍勉強の力と見えしも、皆な自ら欺き、人をさえ欺きつるにて、人のたどらせたる道を、ただ一条《ひとすじ》にたどりしのみ。余所に心の乱れざりしは、外物を棄てて顧みぬ程の勇気ありしにあらず、ただ外物に恐れて自らわが手足を縛せしのみ。故郷を立ちいずる前にも、我が有為の人物なることを疑わず、また我心の能く耐えんことをも深く信じたりき。嗚呼《ああ》、彼も一時。舟の横浜を離るるまでは、あっぱれ豪傑と思いし身も、せきあえぬ涙に手巾《しゅきん》を濡らしつるを我れながら怪しと思いしが、これぞなかなかに我本性なりける。この心は生れながらにやありけん、また早く父を失いて母の手に育てられしによりてや生じけん。

かの人々の嘲るはさることなり。されど嫉むはおろかならずや。この弱くふびんなる心を。

(7)

ある日の夕暮なりしが、余は獣苑を漫歩して、ウンテル、デン、リンデンを過ぎ、我がモンビシュウ街の僑居《きょうきょ》に帰らんと、クロステル巷の古寺の前に来ぬ。(中略)

今この処を過ぎんとするとき、鎖《とざ》したる寺門の扉に倚《よ》りて、声を呑みつつ泣くひとりの少女《おとめ》あるを見たり。年は十六七なるべし。被《かむ》りし巾《きれ》を洩れたる髪の色は、薄きこがね色にて、着たる衣は垢つき汚れたりとも見えず。我足音に驚かされてかえりみたる面《おもて》、余に詩人の筆なければこれを写すべくもあらず。この青く清らにて物問いたげに愁を含める目《まみ》の、なかば露を宿せる長き睫毛《まつげ》に掩《おお》われたるは、なぜに一顧したるのみにて、用心深き我心の底までは徹したるか。

彼は料《はか》らぬ深き歎きに遭いて、前後を顧みる遑《いとま》なく、ここに立ちて泣くにや。わが臆病なる心は憐憫《れんびん》の情に打ち勝たれて、余は覚えず側に倚り、「なぜに泣きたまうか。ところに繋累《けいるい》なき外人《よそびと》は、かえりて力を借し易きこともあらん。」といい掛けたるが、我ながらわが大胆なるに呆れたり。

(8)

嗚呼《ああ》、何等の悪因ぞ。この恩を謝せんとて、自ら我僑居《きょうきょ》に来《こ》し少女は、ショオペンハウエルを右にし、シルレルを左にして、ひねもす兀坐《こつざ》する我読書の窓下《そうか》に、一輪の名花を咲かせてけり。この時を始として、余と少女との交《まじわり》ようやく繁くなりもて行きて、同郷人にさえ知られぬれば、彼等は速了《そくりょう》にも、余をもて色を舞姫の群に漁するものとしたり。われ等二人の間にはまだ痴騃《ちがい》なる歓楽のみ存したりしを。

（9）

その名を斥《さ》さんは憚《はばかり》あれど、同郷人の中に事を好む人ありて、余がしばしば芝居に出入して、女優と交るということを、官長の許《もと》に報じつ。さらぬだに余が頗《すこぶ》る学問の岐路に走るを知りて憎み思いし官長は、ついに旨を公使館に伝えて、我官を免じ、我職を解いたり。公使がこの命を伝うる時余に謂《い》いしは、御身《おんみ》もし即時に郷に帰らば、路用を給すべけれど、もしなおここに在らんには、公の助をば仰ぐべからずとのことなりき。余は一週日の猶予を請いて、とやこうと思い煩ううち、我生涯にてもっとも悲痛を覚えさせたる二通の書状に接しぬ。この二通はほとんど同時にいだしものなれど、一は母の自筆、一は親族なる某《なにがし》が、母の死を、我がまたなく慕う母の死を報じたる書《ふみ》なりき。余は母の書中の言をここに反覆するに堪えず、涙の迫り来て筆の運《はこび》を妨ぐればなり。

余とエリスとの交際は、この時までは余所目《よそめ》に見るより清白なりき。（中略）余等二人の間には先ず師弟の交りを生じたるなりき。我が不時の免官を聞きしときに、彼は色を失いつ。余は彼が身の事に関りしを包み隠しぬれど、彼は余に向いて母にはこれを秘めたまえと云いぬ。こは母の余が学資を失いしを知りて余を疎《うと》んぜんを恐れてなり。

嗚呼《ああ》、くわしくここに写さんも要なけれど、余が彼を愛《め》ずる心のにわかに強くなりて、ついに離れ難き中となりしはこの折なりき。我一身の大事は前に横《よこたわ》りて、まことに危急存亡の秋《とき》なるに、この行《おこない》ありしをあやしみ、また誹《そし》る人もあるべけれど、余がエリスを愛する情は、始めて相見し時よりあさくはあらぬに、いま我数奇《さっき》を憐み、又別離を悲みて伏し沈みたる面に、鬢《びん》の毛の解けてかかりたる、その美しき、いじらしき姿は、余が悲痛感慨の刺激によりて常ならずなりたる脳髄を射て、恍惚の間にここに及びしをいかにせむ。

(10)

この時余を助けしは今我同行の一人なる相沢謙吉なり。彼は東京に在りて、既に天方伯の秘書官たりしが、余が免官の官報に出でしを見て、某新聞紙の編輯長に説きて、余を社の通信員となし、伯林《ベルリン》に留まりて政治学芸の事などを報道せしむることとなしつ。

社の報酬はいうに足らぬほどなれど、棲家《すみか》をもうつし、午餐《ひるげ》に往く食店《たべものみせ》をもかえたらんには、微《かすか》なる暮しは立つべし。とこう思案する程に、心の誠を顕わして、助の綱をわれに投げ掛けしはエリスなりき。かれはいかに母を説き動かしけん、余は彼等親子の家に寄寓することとなり、エリスと余とはいつよりとはなしに、有るか無きかの収入を合せて、憂きがなかにも楽しき月日を送りぬ。

(11)

明治二十一年の冬は来にけり。(中略)エリスは二三日前の夜、舞台にて卒倒しつとて、人に扶《たす》けられて帰り来しが、それより心地あしとて休み、もの食うごとに吐くを、悪阻《つわり》というものならんと始めて心づきしは母なりき。嗚呼、さらぬだに覚束《おぼつか》なきは我身の行末なるに、もし真《まこと》なりせばいかにせまし。

今朝は日曜なれば家に在れど、心は楽しからず。エリスは床に臥《ふ》すほどにはあらねど、小《ちさ》き鉄炉の畔《ほとり》に椅子さし寄せて言葉寡《すくな》し。この時戸口に人の声して、程なく庖厨《ほうちゅう》にありしエリスが母は、郵便の書状を持て来て余にわたし

つ。見れば見覚えある相沢が手なるに、

(12)

「否、かく衣を更《あらた》めたまうを見れば、何となくわが豊太郎の君とは見えず。」また少し考えて。「よしや富貴になりたまう日はありとも、われをば見棄てたまわじ。我病は母の宣《のたま》うごとくならずとも。」

「何、富貴。」余は微笑しつ。「政治社会などに出でんの望みは絶ちしより幾年《いくとせ》をか経ぬるを。大臣は見たくもなし。ただ年久しく別れたりし友にこそ逢いには行け。」

(13)

余が胸臆を開いて物語りし不幸なる閲歴を聞きて、かれはしばしば驚きしが、なかなかに余を譴《せ》めんとはせず、かえりて他の凡庸なる諸生輩を罵りき。されど物語の畢《おわ》りしとき、彼は色を正して諫《いさ》むるよう、この一段のことは素《も》と生れながらなる弱き心より出でしなれば、いまさらに言わんも甲斐なし。とはいえ、学識あり、才能あるものが、いつまでか一少女の情にかかずらいて、目的なき生活《なりわい》をなすべき。今は天方伯もただ独逸語を利用せんの心のみなり。おのれもまた伯が当時の免官の理由を知れるが故に、しいてその成心を動かさんとはせず、伯が心中にて曲庇者《きょくひもの》なりなんど思われんは、朋友に利なく、おのれに損あればなり。人を薦《すす》むるはまずその能を示すにしかず。これを示して伯の信用を求めよ。また彼少女との関係は、よしや彼に誠ありとも、よしや情交は深くなりぬとも、人材を知りてのこいにあらず、慣習という一種の惰性より生じたる交なり。意を決して断てと。これその言《こと》のおおむねなりき。

大洋に舵《かじ》を失いしふな人が、遙《はるか》なる山を望むごときは、相沢が余に示したる前途の方鍼《ほうしん》なり。されどこの山はなお重霧の間に在りて、いつ往きつかんも、否、果して往きつきぬとも、我中心に満足を与えんも定かならず。貧きが中にも楽しきは今の生活《なりわい》、棄て難きはエリスが愛。わが弱き心には思い定めんよしなかりしが、しばらく友の言《こと》に従いて、この情縁を断たんと約しき。余は守る所を失わじと思いて、おのれに敵するものには抗抵すれども、友に対して否とはえ対《こた》えぬが常なり。

(14)

一月ばかり過ぎて、ある日伯は突然われに向いて、「余はあす、魯西亜《ロシア》に向いて出発すべし。随《したが》いて来《く》べきか、」と問う。余は数日間、かの公務に遑《いとま》なき相沢を見ざりしかば、この問は不意に余を驚かしつ。「いかで命に従わざらむ。」余は我恥を表わさん。この答はいち早く決断して言いしにあらず。余はおのれが信じて頼む心を生じたる人に、そつぜんものを問われたるときは、咄嗟《とっさ》の間《かん》、その答の範囲を善くも量らず、ただちにうべなうことあり。さてうべないし上にて、その為《な》し難きに心づきても、しいて当時の心虚なりしを掩《おお》い隠し、耐忍してこれを実行することしばしばなり。

この日は飜訳の代《しろ》に、旅費さえ添えて賜《たま》わりしを持て帰りて、飜訳の代をばエリスに預けつ。これにて魯西亜より帰り来んまでの費《ついえ》をば支へつべし。彼は医者に見せしに常ならぬ身なりという。貧血の性《さが》なりしゆえ、幾月か心づかでありけん。座頭よりは休むことのあまりに久しければ籍を除きぬと言いおこせつ。まだ一月ばかりなるに、かく厳しきは故あればなるべし。旅立の事にはいたく心を悩ますとも見えず。偽りなき我心を厚く信じたれば。

(中略)

魯国行につきては、何事をか叙すべき。わが舌人《ぜつじん》たる任務《つとめ》はたちまちに余を拉《らっ》し去りて、青雲の上に堕《おと》したり。余が大臣の一行に随いて、ペエテルブルクに在りし間に余を囲繞《いにょう》せしは、巴里絶頂の驕奢《きょうしゃ》を、氷雪の裡《うち》に移したる王城の粧飾《そうしょく》、ことさらに黄蝋《おうろう》の燭《しょく》を幾つ共《とも》なく点したるに、(中略)この間仏蘭西語を最も円滑に使うものはわれなるがゆえに、賓主の間に周旋して事を弁ずるものもまた多くは余なりき。

(15)

この間余はエリスを忘れざりき、否、彼は日毎に書《ふみ》を寄せしかばえ忘れざりき。(中略)

また程経てのふみは頗る思いせまりて書きたるごとくなりき。文をば否という字にて起したり。否、君を思う心の深き底《そこい》をば今ぞ知りぬる。君は故里《ふるさと》に頼もしき族《やから》なしとのたまえば、この地に善き世渡のたつきあらば、留りたまわぬことやはある。また我愛もて繋《つな》ぎ留めでは止《や》まじ。それもかなわで東《ひんがし》に還りたまわんとならば、親と共に往かんは易けれど、かほどに多き路用を何処《いずく》よりか得ん。いかなる業をなしてもこの地に留りて、君が世に出でたまわん日をこそ待ためと常には思いしが、しばしの旅とて立出でたまいしよりこの二十日ばかり、別離の思は日にけに茂りゆくのみ。袂《たもと》を分つはただ一瞬の苦艱《くげん》なりと思いしは迷なりけり。我身の常ならぬが漸くにしるくなれる、それさえあるに、よしやいかなることありとも、我をばゆめな棄てたまひそ。母とはいたく争いぬ。されど我身の過ぎし頃には似で思い定めたるを見て心折れぬ。わが東《ひんがし》に往かん日には、ステッチンわたりの農家に、遠き縁者あるに、身を寄せんとぞいうなる。書きおくりたまいし如く、大臣の君に重く用いられたまわば、我路用の金はともかくもなりなん。今はひたすら君がベルリンにかえりたまわん日を待つのみ。

(16)

嗚呼《ああ》、余はこの書を見て始めて我地位を明視し得たり。恥かしきはわが鈍《にぶ》き心なり。余は我身一つの進退につきても、また我身に係らぬ他人《ひと》の事につきても、決断ありと自ら心に誇りしが、この決断は順境にのみありて、逆境にはあらず。我と人との関係を照さんとするときは、頼みし胸中の鏡は曇りたり。

大臣はすでに我に厚し。されどわが近眼はただおのれが尽したる職分をのみ見き。余はこれに未来の望を繋《つな》ぐことには、神も知るらむ、絶えて想到《おもい》らざりき。されど今ここに心づきて、我心はなお冷然たりしか。先に友の勧めしときは、大臣の信用は屋上の禽《とり》のごとくなりしが、（中略）いまさらおもえば、余が軽卒にも彼に向いてエリスとの関係を絶たんといいしを、早く大臣に告げやしけん。

嗚呼、独逸に来《こ》し初に、自ら我本領を悟りきと思いて、また器械的人物とはならじと誓いしが、こは足を縛して放たれし鳥のしばし羽を動かして自由を得たりと誇りしにはあらずや。足の糸は解くに由なし。さきにこれを繰つりしは、我某《なにがし》省の官長にて、今はこの糸、あなあわれ、天方伯の手中に在り。

(17)

我心はこの時までも定まらず、故郷を憶《おも》ふ念と栄達を求むる心とは、時として愛情を圧せんとせしが、ただこの一刹那《せつな》、低徊踟躕《ていかいちちゅう》の思は去りて、余は彼を抱き、彼の頭《かしら》は我肩に倚りて、彼が喜びの涙ははらはらと肩の上に落ちぬ。

(18)

戸の外に出迎えしエリスが母に、馭丁を労《ねぎら》いたまえと銀貨をわたして、余は手を取りて引くエリスに伴われ、急ぎて室に入りぬ。一瞥《いちべつ》して余は驚きぬ、机の上には白き木綿、白き「レエス」などを堆《うずたか》く積み上げたれば。

エリスは打笑みつつこれを指《ゆびさ》して、「何とか見玉う、この心がまえを。」といいつつ一つの木綿ぎれを取上ぐるを見れば襁褓《むつき》なりき。「わが心の楽しさを思い玉え。産れん子は君に似て黒き瞳子《ひとみ》をや持ちたらん。この瞳子。嗚呼、夢にのみ見しは君が黒き瞳子なり。産れたらん日には君が正しき心にて、よもあだし名をばなのらせ玉わじ。」彼は頭を垂れたり。「穉《おさな》しと笑い玉わんが、寺に入らん日はいかに嬉しからまし。」見上げたる目には涙満ちたり。

(19)

往きて見れば待遇ことにめでたく、魯西亜行の労を問い慰めて後、われと共に東にかえる心なきか、君が学問こそわが測り知る所ならね、語学のみにて世の用には足りなん、滞留の余りに久しければ、様々の係累もやあらんと、相沢に問いしに、さることなしと聞きて落居《おちい》たりと宣う。その気色辞《いな》むべくもあらず。あなやと思いしが、さすがに相沢の言《こと》を偽なりともいい難きに、もしこの手にしも縋《すが》らずば、本国をも失い、名誉を挽《ひ》きかえさん道をも絶ち、身はこの広漠たる欧洲大都の人の海に葬られんかと思う念、心頭を衝《つ》いて起れり。嗚呼、何等の特操なき心ぞ、「承わり侍り」と応えたるは。

黒がねの額《ぬか》はありとも、帰りてエリスに何とかいわん。「ホテル」を出でしときの我心の錯乱は、譬《たと》えんに物なかりき。余は道の東西をも分かず、思に沈みて行く程に、往きあう馬車の駆丁に幾度か叱《しっ》せられ、驚きて飛びのきつ。

(中略)

(20)

我脳中にはただ我は免《ゆる》すべからぬ罪人なりと思う心のみ満ち満ちたりき。

余は始めて、病牀に侍するエリスを見て、その変りたる姿に驚きぬ。彼はこの数週の内にいたく痩せて、血走りし目は窪《くぼ》み、灰色の頬《ほ》は落ちたり。相沢の助にて日々の生計《たつき》には窮せざりしが、この恩人は彼を精神的に殺ししなり。後に聞けば彼は相沢に逢いしとき、余が相沢に与えし約束を聞き、またかの夕べ大臣に聞え上げし一諾《いちだく》を知り、にわかに座より躍り上がり、面色さながら土のごとく、「我豊太郎ぬし、かくまでに我をば欺きたまいしか」と叫び、その場に僵《たお》れぬ。相沢は母を呼びて共に扶《たす》けて床に臥させしに、暫くして醒めしときは、目は直視したるままにて傍の人をも見知らず、我名を呼びていたく罵り、髪をむしり、蒲団を噛みなどし、またにわかに心づきたる様《さま》にて物を探り討《もと》めたり。母の取りて与うるものをばことごとく抛《なげう》ちしが、机の上なりし襁褓《むつき》を与えたるとき、探りみて顔に押しあて、涙を流して泣きぬ。

これよりは騒ぐことはなけれど、精神の作用はほとんどまったく廃して、その痴なること赤児のごとくなり。医に見せしに、過劇なる心労にて急に起りし「パラノイア」という病《やまい》なれば、治癒の見込なしという。

(21)

余が病はまったく癒えぬ。エリスが生ける屍《かばね》を抱きて千行《ちすじ》の涙を濺《そそ》ぎしは幾度ぞ。大臣に随いて帰東の途に上ぼりしときは、相沢と議《はか》りてエリスが母に微《かすか》なる生計《たつき》を営むに足るほどの資本を与え、あわれなる狂女の胎内に遺しし子の生れむをりの事をも頼みおきぬ。

嗚呼、相沢謙吉がごとき良友は世にまた得がたかるべし。されど我脳裡《のうり》に一点の彼を憎むこころ今日までも残れりけり。

Ⅱ

樋口一葉『たけくらべ』

（『文学界』明治二八年一月〜二九年一月）

（1）

廻れば大門《おおもん》の見返り柳いと長けれど、お歯ぐろ溝《どぶ》に燈火《ともしび》うつる三階の騒ぎも手に取るごとく、明けくれなしの車の行来《ゆきき》にはかり知られぬ全盛をうらないて、大音寺前《だいおんじまえ》と名は仏くさけれど、さりとは陽気の町と住みたる人の申き、三嶋神社《みしまさま》の角をまがりてよりこれぞと見ゆる大厦《いえ》もなく、かたぶく軒端《のきば》の十軒長屋二十軒長や、（中略）南無《なむ》や大鳥大明神、買う人にさえ大福をあたえ給えば製造もとの我等万倍の利益をと人ごとに言うめれど、さりとは思いのほかなるもの、このあたりに大長者のうわさも聞かざりき、

（2）

一体の風俗よそと変りて、女子《おなご》の後帯《うしろおび》きちんとせし人少なく、がらを好みて巾広《はばひろ》の巻帯、年増はまだよし、十五六の小癪《こしやく》なるが酸漿《ほおずき》ふくんでこの姿《なり》はと目をふさぐ人もあるべし、所がら是非もなや、

（3）

さらでも教育はむずかしきに教師の苦心さこそと思わるる入谷《いりや》ぢかくに育英舎とて、私立なれども生徒の数は千人近く、狭き校舎に目白押の窮屈さも教師が人望いよいよあらわれて、ただ学校と一トロにてこのあたりには呑込《のみこ》みのつくほど成るがあり、（中略）多くの中に龍華寺《りゆうげじ》の信如《しんによ》とて、千筋《ちすじ》となずる黒髪も今いく歳《とせ》のさかりにか、やがては墨染《すみぞめ》にかえぬべき袖《そで》の色、発心《ほっしん》は腹からか、坊は親ゆずりの勉強ものあり、性来《せいらい》おとなしきを友達いぶせく思いて、さまざまの悪戯《いたずら》をしかけ、猫の死骸を縄にくくりてお役目なれば引導をたのみますと投げつけし事も有りしが、それは昔、今は校内一の人とて仮にも侮りての処業はなかりき、歳《とし》は十五、並背にていが栗の頭髪《つむり》も思いなしか俗とは変

りて、藤本信如《のぶゆき》と訓《よみ》にてすませど、何処やら釈といいたげの素振なり。

（4）

八月二十日は千束《せんぞく》神社のまつりとて、山車《だし》屋台に町々の見得をはりて土手をのぼりて廓内《なか》までも入込《いりこ》まんず勢い、若者が気組み思いやるべし、（中略）横町《よこちょう》組と自らゆるしたる乱暴の子供大将に頭《かしら》の長《ちょう》とて歳も十六、仁和賀《にわか》の金《かな》棒《ぼう》に親父の代理をつとめしより気位えらく成りて、帯は腰の先に、返事は鼻の先にていう物と定め、にくらしき風俗、あれが頭の子でなくばと鳶《とび》人足が女房の蔭口に聞えぬ、心一ぱいに我がままを徹して身に合わぬ巾《はば》をも広げしが、表町《おもてまち》に田中屋の正太郎《しょうたろう》とて歳は我れに三つ劣れど、家に金あり身に愛敬《あいきょう》あれば人も憎くまぬ当の敵《かたき》あり、我れは私立の学校へ通いしを、先方《さき》は公立なりとて同じ唱歌も本家のような顔をしおる、（中略）まつりは明後日《あさって》、いよいよ我が方《かた》が負け色と見えたらば、破れかぶれに暴れて暴れて、正太郎が面《つら》に疵《きず》一つ、我れも片眼片足なきものと思えば為《し》やすし、加担人《かとうど》は（中略）おおそれよりはあの人の事あの人の事、藤本のならば宜《よ》き智恵も貸してくれんと、十八日の暮れちかく、物いえば眼口にうるさき蚊を払いて竹村しげき龍華寺の庭先から信如が部屋へのそりのそりと、信《のぶ》さん居るかと顔を出しぬ。

（5）

いくら金が有るとって質屋のくずれの高利貸が何たら様だ、あんな奴を生して置くより擲《たた》きころす方が世間のためだ、己《おい》らあ今度のまつりにはどうしても乱暴に仕掛て取かえしを付けようと思うよ、だから信さん友達がいに、それはお前が嫌やだというのも知れてるけれどもどうぞ我《お》れの肩を持って、横町組の耻《はじ》をすすぐのだから、ね、おい、本家本元の唱歌だなんて威張りおる正太郎を取ちめてくれないか、（中略）お前は何も為《し》ないで宜いからただ横町の組だという名で、威張ってさえくれると豪気《ごうぎ》に人気《じんき》がつくからね、己れはこんな無学漢《わからずや》だのにお前は学《もの》が出来るからね、向うの奴が漢語か何かで冷語《ひやかし》でも言ったら、此方《こっち》も漢語で仕かえしておくれ、

（6）

解かば足にもとどくべき毛髪《かみ》を、根あがりに堅くつめて前髪大きく髷《まげ》おもたげの、赭熊《しゃぐま》という名は恐ろしけれど、此《これ》髷をこの頃の流行《はやり》とて良家《よきしゅ》の令嬢《むすめご》も遊ばさるるぞかし、色白に鼻筋とおりて、口もとは小さからねど締りたれば醜くからず、一つ一つに取たてては美人の鑑《かがみ》に遠けれど、物いう声の細く清《すず》しき、人を見る目の愛敬あふれて、身のこなしの活々したるは快き物なり、（中略）朝湯の帰りに首筋白々と手拭《てぬぐい》さげたる立姿を、今三年の後《のち》に見たしと廓《くるわ》がえりの若者は申き、大黒屋《だいこくや》の美登利《みどり》とて生国は紀州、言葉のいささか訛《なま》れるも可愛く、第一は切れ離れよき気象を喜ばぬ人なし、子供に似合ぬ銀貨入れの重きも道理、姉なる人が全盛の余波《なごり》、

（7）

末は何となる身ぞ、両親ありながら大目に見てあらき詞《ことば》をかけたる事も無く、楼の主《あるじ》が大切がる様子《さま》も怪しきに、聞けば養女にもあらず親戚にてはもとより無く、姉なる人が身売りの当時、鑑定《めきき》に来たりし楼の主が誘いにまかせ、この地に活計《たつき》もとむとて親子三人《みたり》が旅衣、たち出しはこの訳、それより奥は何なれや、今は寮のあずかりをして母は遊女の仕立物、父は小格子の書記に成りぬ、この身は遊芸手芸学校にも通わせられて、そのほかは心のまま、半日は姉の部屋、半日は町に遊んで見聞くは三味《さみ》に太鼓にあけ紫のなり形、はじめ藤色絞りの半襟《はんえり》を袷《あわせ》にかけて着て歩る

きしに、田舎者いなか者と町内の娘どもに笑われしを口惜しがりて、三日三夜泣きつづけし事も有しが、今は我れより人々を嘲りて、野暮な姿と打《うち》つけの悪《にく》まれ口を、言い返すものも無く成りぬ。二十日はお祭りなれば心一ぱい面白い事をしてと友達のせがむに、趣向は何なりと各自《めいめい》に工夫して大勢の好い事が好いでは無いか、幾金《いくら》でもいい私が出すからとて例の通り勘定なしの引受けに、子供中間の女王様《にょおうさま》またとあるまじき恵みは大人よりも利きが早く、

（8）

あれあの飛びようが可笑しいとて見送りし女子《おなご》どもの笑うも無理ならず、横ぶとりして背ひくく、頭《つむり》の形《なり》は才槌《さいづち》とて首みじかく、振むけての面《おもて》を見れば出額《でびたい》の獅子鼻《ししばな》、反歯《そっぱ》の三五郎という仇名《あだな》おもうべし、色は論なく黒きに感心なは目つき何処までもおどけて両の頬に笑くぼ《え》の愛敬、目かくしの福笑いに見るような眉のつき方も、さりとはおかしく罪の無き子なり、（中略）我れを頭《かしら》に六人の子供を、養う親も轅棒《かじぼう》にすがる身なり、（中略）十三になれば片腕と一昨年《おととし》より並木の活判処《かっぱんじょ》へも通いしが、怠惰《なまけ》ものなれば十日の辛棒つづかず、一ト月と同じ職も無くて霜月《しもつき》より春へかけては突羽根《つくばね》の内職、夏は検査場《ば》の氷屋が手伝いして、呼声おかしく客を引くに上手なれば、人には調法がられぬ、（中略）三五郎といえば滑稽者《おどけもの》と承知して憎くむ者の無きも一徳なりし、田中屋は我が命の綱、親子が蒙《こう》むる御恩すくなからず、日歩とかや言いて利金安からぬ借りなれど、これなくてはの金主様《きんしゅさま》あだには思うべしや、三公己れが町へ遊びに来いと呼ばれて嫌やとは言われぬ義理あり、されども我れは横町に生れて横町に育ちたる身、住む地処は龍華寺のもの、家主《いえぬし》は長吉が親なれば、表むき彼方《かなた》に背く事かなわず、内々に此方《こっち》の用をたして、にらまるる時の役廻りつらし。

（9）

祖母《ばば》が自からの迎いに正太いやが言われず、そのまま連れて帰らるるあとは俄《にわ》かに淋しく、人数はさのみ変らねどあの子が見えねば大人までも寂しい、馬鹿さわぎもせねば串談《じょうだん》も三ちゃんのようでは無けれど、人好きのするは金持の息子さんに珍《めず》らしい愛敬、何と御覧じたか田中屋の後家さまがいやらしさを、あれで年は六十四、白粉《おしろい》をつけぬがめつけ物なれど丸髷《まるまげ》の大きさ、猫なで声して人の死ぬをも構わず、おおかた臨終《おしまい》は金と情死《しんじゅう》なさるやら、それでも此方《こち》どもの頭《つむり》の上らぬはあの物の御威光、さりとは欲しや、廓内《なか》の大きい楼《うち》にも大分の貸付があるらしゅう聞きましたと、大路に立ちて二三人の女房よその財産《たから》を数えぬ。

（10）

うかれ立たる十人あまりの騒ぎなれば何事と門《かど》に立ちて人垣をつくりし中より、三五郎は居るか、ちょっと来てくれ大急ぎだと、文次《ぶんじ》という元結《もとゆい》よりの呼ぶに、（中略）この二タ股《また》野郎覚悟をしろ、横町の面《つら》よごしめただは置かぬ、誰れだと思う長吉だ（中略）それ三五郎をたたき殺せ、正太を引出してやってしまえ、弱虫にげるな、団子屋の頓馬《とんま》もただは置かぬと潮《うしお》のように沸かえる騒ぎ、（中略）人数はおおよそ十四五人、ねじ鉢巻に大万燈ふりたてて、当るがままの乱暴狼藉《ろうぜき》、土足に踏み込む傍若無人、目ざす敵《かたき》の正太が見えねば、何処へ隠くした、何処へ逃げた、さあ言わぬか、言わぬか、言わさずに置く物かと三五郎を取こめて撃つやら蹴《け》るやら、

（11）

美登利くやしく止める人を掻《か》きのけて、これお前がたは三ちゃんに何の咎《とが》がある、正太さんと喧嘩がしたくば正太

さんとしたが宜い、逃げもせねば隠くしもしない、正太さんは居ぬでは無いか、此処は私が遊び処、お前がたに指でもささしはせぬ、ええ憎くらしい長吉め、三ちゃんを何故ぶつ、あれ又引たおした、意趣があらば私をお撃《ぶ》ち、相手には私がなる、伯母さん止めずに下されと身もだえして罵《ののし》れば、何を女郎め頰桁《ほおげた》たたく、姉の跡つぎの乞食め、手《て》前《めえ》の相手にはこれが相応だと多人数《おおく》のうしろより長吉、泥草履つかんで投つければ、ねらい違《たが》わず美登利が額際にむさき物したたか、血相かえて立あがるを、怪我でもしてはと抱きとむる女房、ざまを見ろ、此方《こち》には龍華寺の藤本がついているぞ、仕かえしにはいつでも来い、薄馬鹿野郎め、弱虫め、腰ぬけの活地《いくじ》なしめ、帰りには待伏せする、横町の闇に気をつけろと三五郎を土間に投出せば、

(12)

この通りの子細で御座ります故《ゆえ》と筋をあらあら折からの巡査に語れば、職掌がらいざ送らんと手を取らるるに、いえいえ送って下さらずとも帰ります、一人で帰ります（中略）喧嘩をしたと言うと親父《とっ》さんに叱かられます、頭《かしら》の家は大屋さんで御座りますからとて（中略）横町の角にて巡査の手をば振はなして一目散に逃げぬ。

(13)

めずらしい事、この炎天に雪が降りはせぬか、美登利が学校を嫌やがるはよくよくの不機嫌、朝飯《あさはん》がすすまずば後《のち》刻《かた》に鮨《やすけ》でも誂えようか、風邪にしては熱も無ければ大方きのうの疲れと見える、太郎様への朝参りは母《かか》さんが代理してやれば御免こうむれとありしに、

（14）

だけれど美登利さん堪忍しておくれよ、己れは知りながら逃げていたのでは無い、飯を掻込《かっこ》んで表へ出ようとするとお祖母さんが湯に行くという、留守居をしているうちの騒ぎだろう、本当に知らなかったのだからねと、我が罪のように平あやまりに謝罪《あやまっ》て、痛みはせぬかと額際を見あげれば、美登利にっこり笑いて何負傷《けが》をするほどでは無い、それだが正さん誰れが聞いても私が長吉に草履を投げられたと言ってはいけないよ、もしひょっとお母さんが聞《つか》きでもすると私が叱《し》かられるから、親でさえ頭《つむり》に手はあげぬものを、長吉ずれが草履の泥を額にぬられては踏まれたも同じだからとて、背ける顔のいとおしく、

（15）

ああこの母さんが生きていると宜いが、己れが三つの歳死んで、お父《とっ》さんは在るけれど田舎の実家へ帰ってしまったから今は祖母《おばあ》さんばかりさ、（中略）己れは気が弱いのかしら、時々種々《いろいろ》の事を思い出すよ、まだ今時分は宜いけれど、冬の月夜なにかに田町《たまち》あたりを集めに廻ると土手まで来て幾度も泣いた事がある、何さむい位で泣きはしない、何故だか自分も知らぬが種々の事を考えるよ、ああ一昨年《おととし》から己れも日がけの集めに廻るさ、祖母さんは年寄りだからそのうちにも夜《よ》るは危ないし、目が悪るいから印形《いんぎょう》を押たり何かに不自由だからね、今まで幾人《いくたり》も男を使ったけれど、老人《としより》に子供だから馬鹿にして思うようには動いてくれぬと祖母さんが言っていたっけ、己れがもう少し大人に成ると質屋を出さして、昔しの通りでなくとも田中屋の看板をかけると楽しみにしているよ、他処《よそ》の人は祖母さんを吝《けち》だと言うけれど、己れの為に倹約《つましく》してくれるのだから気の毒でならない、

(16)

何だ己れなんぞ、お前こそ美くしいや、廓内《なか》の大巻さんよりも奇麗だと皆がいうよ、お前が姉であったら己れはどんなに肩身が広かろう、（中略）ねえ美登利さん今度いっしょに写真を取らないか、我《お》れは祭りの時の姿《なり》で、お前は透綾《すきや》のあら縞《じま》で意気な形《なり》をして、水道尻の加藤でうつそう、龍華寺の奴が浦山しがるように、本当だぜ彼奴《あいつ》はきっと怒るよ、真青に成って怒るよ、にえ肝だからね、赤くはならない、それとも笑うかしら、笑われても構わない、

(17)

龍華寺の信如、大黒屋の美登利、二人ながら学校は育英舎なり、去りし四月の末つかた、桜は散りて青葉のかげに藤の花見という頃、春季の大運動会とて水《み》の谷《や》の原にせし事ありしが、つな引、鞠《まり》なげ、縄とびの遊びに興をそえて長き日の暮るるを忘れし、その折の事とや、信如いかにしたるか平常《へいぜい》の沈着《おちつき》に似ず、池のほとりの松が根につまずきて赤土道に手をつきたれば、羽織の袂《たもと》も泥に成りて見にくかりしを、居あわせたる美登利みかねて我が紅《くれない》の絹はんけちを取出し、これにてお拭きなされと介抱をなしけるに、友達の中なる嫉妬《やきもち》や見つけて、藤本は坊主のくせに女と話をして、嬉しそうに礼を言ったは可笑《おか》しいでは無いか、大方美登利さんは藤本の女房《かみさん》になるのであろう、お寺の女房なら大黒さまと言うのだなどと取沙汰しける、信如元来かかる事を人の上に聞くも嫌いにて、苦き顔して横を向く質《たち》なれば、我が事として我慢のなるべきや、それよりは美登利という名を聞くごとに恐ろしく、またあの事を言い出すかと胸の中もやくやして、何とも言われぬ厭《い》やな気持なり、

(18)

度かさなりての末には自《おのずか》ら故意《わざと》の意地悪のように思われて、人にはさもなきに我れにばかり愁《つ》らき処為《しうち》をみせ、物を問えば碌《ろく》な返事した事なく、傍《そば》へいけば逃げる、はなしを為《す》れば怒る、陰気らしい気のつまる、どうして好いやら機嫌の取りようも無い、（中略）友達と思わずは口を利くも入らぬ事と美登利少し疳《かん》にさわりて、用の無ければ摺《す》れ違うても物いうた事なく、途中に逢いたりとて挨拶など思いもかけず、ただいつとなく二人の中に大川一つ横たわりて、舟も筏《いかだ》も此処には御法度《ごはっと》、岸に添うておもいおもいの道をあるきぬ。

（19）

まつりの夜《よ》の処為《しうち》はいかなる卑怯ぞや、長吉のわからずやは誰れも知る乱暴の上なしなれど、信如の尻おし無くはあれほどに思い切りて表町をば暴《あら》し得じ、人前をば物識《ものしり》らしく温順《すなお》につくりて、陰に廻りて機関《からくり》の糸を引しは藤本の仕業に極《きわ》まりぬ、よし級は上にせよ、学《もの》は出来るにせよ、龍華寺さまの若旦那にせよ、大黒屋の美登利紙一枚のお世話にも預からぬ物を、あのように乞食呼わりして貰う恩は無し、龍華寺はどれほど立派な檀家ありと知らねど、我が姉《あね》さま三年の馴染に銀行の川様、兜町の米《よね》様もあり、議員の短小《ちい》さま根曳《ねびき》して奥さまにと仰せられしを、心意気に入らねば姉さま嫌いてお受けはせざりしが、あの方とても世には名高きお人と遣手衆《やりてしゅ》の言われし、嘘ならば聞いて見よ、大黒やに大巻の居ずはあの楼《いえ》は闇とかや（中略）姉は大黒屋の大巻、長吉風情に負《ひ》けを取るべき身にもあらず、龍華寺の坊さまにいじめられんは心外と、これより学校へ通う事おもしろからず、

（20）

かかる中にて朝夕《あさゆう》を過ごせば、衣《きぬ》の白地《しらじ》の紅《べに》に染《し》む事無理ならず、美登利の眼の中に男という者さっても怕《こわ》からず

恐ろしからず、女郎という者さのみ賤《いや》しき勤めとも思わねば、過ぎし故郷を出立《しゅったつ》の当時ないて姉をば送りしこと夢のように思われて、今日この頃の全盛に父母への孝養うらやましく、お職を徹す姉が身の、憂《う》いの愁《つ》らいの数も知らねば、（中略）廓《くるわ》ことばを町にいうまでさりとは恥かしからず思えるも哀《あわれ》なり、年はようよう数えの十四、（中略）まことあけくれ耳に入《い》りしは好いた好かぬの客の風説《うわさ》、仕着せ積み夜具茶屋への行わたり、派手は美事に、かなわぬは見すぼらしく、人事我事分別をいうはまだ早し、幼な心に目の前の花のみはしるく、持まえの負けじ気性は勝手に馳《は》せ廻りて雲のような形をこしらえぬ、

(21)
いそがしきは大和尚、貸金の取たて、店への見廻り、法用のあれこれ、月の幾日《いくか》は説教日の定めもあり帳面くるやら経よむやらかくては身体《からだ》のつづき難しと夕暮れの縁先《えんさき》に花むしろを敷かせ、片肌ぬぎに団扇《うちわ》づかいしながら大盃に泡盛をなみなみと注《つ》がせて、さかなは好物の蒲焼を表町のむさし屋へあらい処をとの誂《あつら》え、承りていく使い番は信如の役なるに、その嫌やなること骨にしみて、路を歩くにも上を見し事なく、筋向うの筆やに子供づれの声を聞けば我が事を誹《そし》らるるかと情なく、そしらぬ顔に鰻屋の門《かど》を過ぎては四辺《あたり》に人目の隙《すき》をうかがい、立戻って駈け入る時の心地、我身限って腥《なまぐさ》きものは食べまじと思いぬ。

(22)
そんな事はよしにしたが宜《よ》う御坐りましょうと止めし事もありしが、大和尚大笑いに笑いすてて、黙っていろ、黙っていろ、貴様などが知らぬ事だわとて丸々相手にしてはくれず、朝念仏に夕勘定、そろばん手にしてにこにこと遊ば

さるる顔つきは我親ながら浅ましくして、何故その頭《つむり》をまろめ給いしぞと恨めしくもなりぬ。

(23)

ぽつぽつと行く後影、(中略)

信《のぶ》さんかえ、と受けて、嫌やな坊主ったら無い、きっと筆か何か買いに来たのだけれど、私たちが居るものだから立聞きをして帰ったのであろう、意地悪るの、根性まがりの、ひねっこびれの、吃《どん》りの、歯《はっ》かけの、嫌やな奴め、這入って来たら散々と窘《いじ》めてやる物を、帰ったは惜しい事をした、どれ下駄をお貸し、ちょっと見てやる、とて正太に代って顔を出せば軒の雨だれ前髪に落ちて、おお気味が悪るいと首を縮めながら、四五軒先の瓦斯燈《がすとう》の下を大黒傘肩にして少しうつむいているらしくとぼとぼと歩む信如の後かげ、いつまでも、いつまでも、いつまでも見送るに、美登利さんどうしたの、と正太は怪しがりて背中をつつきぬ。

(24)

信如がいつも田町へ通う時、通らでも事は済めども言わば近道の土手々前に、仮初《かりそめ》の格子門《こうしもん》、のぞけば鞍馬の石燈籠《いしどうろ》に萩《はぎ》の袖垣《そでがき》しおらしゅう見えて、椽先《えんさき》に巻きたる簾《すだれ》のさまもなつかしゅう、中がらすの障子のうちには今様《いまよう》の按察《あぜち》の後室《こうしつ》が珠数《じゅず》をつまぐって、冠《かぶ》っ切りの若紫《わかむらさき》も立出《たちいず》るやと思わるる、その一ト構えが大黒屋の寮なり。

(25)

昨日も今日も時雨《しぐれ》の空に、田町の姉より頼みの長胴着が出来たれば、(中略)母親よりの言いつけを、何も嫌やとは言い切られぬ温順《おとな》しさに、ただはいはいと小包みを抱えて、（中略）信如は雨傘さしかざして出ぬ。

お歯ぐろ溝《どぶ》の角より曲りて、いつも行くなる細道をたどれば、運わるう大黒やの前まで来し時、さっと吹く風大黒傘の上を抓《つか》みて、宙へ引あげるかと疑うばかり烈《はげ》しく吹けば、これは成らぬと力足を踏こたゆる途端、さのみに思わざりし前鼻緒のずるずると抜けて、傘よりもこれこそ一の大事に成りぬ。

(26)
見るに気の毒なるは雨の中の傘なし、途中に鼻緒を踏み切りたるばかりは無し、美登利は障子の中ながら硝子《がらす》ごしに遠く眺めて、あれ誰れか鼻緒を切った人がある、母《かか》さん切れを遣っても宜《よ》う御座んすかと尋ねて、針箱の引出しから友仙ちりめんの切れ端をつかみ出し、庭下駄はくも鈍《もど》かしきように、馳《は》せ出でて縁先の洋傘《こうもり》さすより早く、庭石の上を伝うて急ぎ足に来たりぬ。

それと見るより美登利の顔は赤う成りて、どのようの大事にでも逢いしように、胸の動悸の早くうつを、人の見るかと背後《うしろ》の見られて、恐る恐る門の傍へ寄れば、信如もふっと振返りて、これも無言に脇を流るる冷汗、跣足《はだし》に成りて逃げ出したき思いなり。

(27)
平常《つね》の美登利ならば信如が難義の体《てい》を指さして、あれあれあの意久地《いくじ》なしと笑うて笑うて笑い抜いて、言いたいままの悪《にく》まれ口、（中略）さこそは当り難うもあるべきを、物いわず格子のかげに小隠れて、さりとて立去るでも無しにただうじうじと胸とどろかすは平常《つね》の美登利のさまにては無かりき。

(28)

さりとも知らぬ母の親はるかに声を懸けて、火のしの火が熾《おこ》りましたぞえ、この美登利さんは何を遊んでいる、雨の降るに表へ出ての悪戯《いたずら》は成りませぬ、またこの間のように風引こうぞと呼立てられるに、はい今行ますと大きく言いて、その声信如に聞えしを耻かしく、胸はわくわくと上気して、どうでも明けられぬ門の際《きわ》にさりとも見過しがたき難義をさまざまの思案尽して、格子の間より手に持つ裂《き》れを物いわず投げ出せば、見ぬように見て知らず顔を信如のつくるに、ええ例《いつも》の通りの心根と遣《や》る瀬なき思いを眼に集めて、少し涙の恨み顔、何を憎んでそのように無情《つれなき》そぶりは見せらるる、言いたい事は此方《こなた》にあるを、余りな人とこみ上《あぐ》るほど思いに迫れど、母親の呼声しばしばなるを侘しく、詮方《せんかた》なさに一ト足二タ足ええ何ぞいの未練くさい、思わく耻かしと身をかえして、かたかたと飛石を伝いいくに、信如は今ぞ淋しう見かえれば紅入《べにい》り友仙の雨にぬれて紅葉《もみじ》の形《かた》のうるわしきが我が足ちかく散《ち》ぼいたる、そぞろに床《ゆか》しき思いは有れども、手に取あぐる事をもせず空しう眺めて憂き思いあり。

(29)

信さんの下駄は己れが提げて行こう、台所へ抛《ほお》り込んで置たら子細はあるまい、さあ履き替えてそれをお出しと世話をやき、鼻緒の切れしを片手に提げて、それなら信さん行てお出《いで》、後刻《のち》に学校で逢おうぜの約束、信如は田町の姉のもとへ、長吉は我家の方《かた》へと行別れるに思いの止《とど》まる紅入《べにいり》の友仙は可憐《いじら》しき姿を空しく格子門の外にと止《とど》めぬ。

(30)

お前は知らないか美登利さんの居る処を、己れは今朝から探しているけれど何処へ行たか筆やへも来ないと言う、廓内《なか》だろうかなと問えば、むむ美登利さんはな今の先己れの家の前を通って揚屋町《あげやまち》の刎橋《はねばし》から這入《はい》って行た、本当に正さん大変だぜ、今日はね、髪をこういう風にこんな嶋田に結ってと、変てこな手つきして、奇麗だねあの娘《こ》はと鼻を拭つつ言えば、大巻さんよりなお美《い》いや、だけれどあの子も華魁《おいらん》に成るのでは可憐《かわい》さうだと下を向いて正太の答うるに、好いじゃあ無いか華魁になれば、己れは来年から際物屋《きわものや》に成ってお金をこしらえるがね、それを持って買いに行くのだと頓馬《とんま》を現わすに、洒落《しゃら》くさい事を言っていらあそうすればお前はきっと振られるよ。何故何故。何故でも振られる理由《わけ》が有るのだもの、と顔を少し染めて笑いながら、

（31）

揉《も》まれて出《いで》し廓《くるわ》の角、向うより番頭新造《しんぞ》のお妻《つま》と連れ立ちて話しながら来るを見れば、まがいも無き大黒屋の美登利なれども誠に頓馬の言いつるごとく、初々しき大嶋田結い綿のように絞りばなしふさふさとかけて、鼈甲《べっこう》のさし込、総《ふさ》つきの花かんざしひらめかし、何時よりは極彩色《ごくさいしき》のただ京人形を見るように思われて、正太はあっとも言わず立止まりしまま例《いつも》のごとくは抱きつきもせで打守るに、彼方《こなた》は正太さんかとて走り寄り、（中略）正太はじめて美登利の袖《そで》を引いて好く似合うね、いつ結ったの今朝《けさ》かえ昨日かえ何故はやく見せてはくれなかった、と恨めしげに甘ゆれば、美登利打しおれて口重く、姉さんの部屋で今朝結って貰ったの、私は厭《い》やでしょうが無い、とさし俯向《うつむ》きて往《ゆき》来《き》を恥じぬ。

（32）

憂《う》く耻かしく、つつましき事身にあれば人の褒めるは嘲りと聞なされて、嶋田の髷《まげ》のなつかしさに振かえり見る人たちをば我れを蔑む眼つきと察《と》られて、正太さん私は自宅《うち》へ帰るよと言うに、何故今日は遊ばないのだろう、お前何か小言を言われたのか、大巻さんと喧嘩《けんか》でもしたのでは無いか、と子供らしい事を問われて答えは何と顔の赤むばかり、

(33)

憂き事さまざまこれはどうでも話しのほかの包《つつ》ましさなれば、誰れに打明けいう筋ならず、物言わずして自ずと頬の赤うなり、さして何とは言われねども次第次第に心細き思い、すべて昨日の美登利の身に覚えなかりし思いをもうけて物の耻かしさ言うばかりなく、成事《なること》ならば薄暗き部屋のうちに誰《た》れとて言葉をかけもせず我が顔ながむる者なしに一人気ままの朝夕を経たや、さらばこのよう憂き事ありとも人目つつましからずはかくまで物は思うまじ、いつまでもいつまでも人形と紙雛《あね》さまとをあい手にして飯事《ままごと》ばかりしていたらばさぞかし嬉しき事ならんを、ええ厭や厭や、大人に成るは厭やな事、

(34)

美登利はかの日を始めにして生れかわりし様の身の振舞、用ある折は廓の姉のもとにこそ通え、かけても町に遊ぶ事をせず、友達さびしがりて誘いにと行けば今に今にと空約束《から》はてし無く、さしもに中よし成けれど正太とさえに親しまず、いつも耻かし気に顔のみ赤めて筆やの店に手踊の活溌さは再び見るに難《かた》く成ける、(中略)表町はにわかに火の消えしよう淋しく成りて正太が美音も聞く事まれに、ただ夜な夜なの弓張提燈《ゆみはりじょうちん》、あれは日がけの集めとしるく

土手を行く影そぞろ寒げに、折ふし供する三五郎の声のみ何時に変らず滑稽《おどけ》ては聞えぬ。

龍華寺の信如が我が宗の修業の庭に立出《たちいず》る風説《うわさ》をも美登利は絶えて聞かざりき、有し意地をばそのままに封じ込めて、此処《ここ》しばらくの怪しの現象《さま》に我れを我れとも思われず、ただ何事も耻かしゅうのみ有けるに、或る霜の朝水仙の作り花を格子門《こうしもん》の外よりさし入れ置きし者の有けり、誰れの仕業と知るよし無けれど、美登利は何ゆえとなく懐かしき思いにて違い棚の一輪ざしに入れて淋しく清き姿をめでけるが、聞くともなしに伝え聞くその明けの日は信如が何がしの学林に袖の色かえぬべき当日なりしとぞ。

III

泉鏡花『高野聖』

（『新小説』明治三三年二月）

（1）

「参謀本部編纂《へんさん》の地図をまた繰開《くりひら》いて見るでもなかろう、と思ったけれども、余りの道じゃから、（中略）表紙を附《つ》けた折本になってるのを引張《ひっぱ》り出した。

飛騨から信州へ越える深山《みやま》の間道で、ちょうど立休らおうという一本の樹立《こだち》も無い、右も左も山ばかりじゃ。（中略）

道と空との間にただ一人我ばかり、（中略）こう図面を見た。」

旅僧《たびそう》はそういって、握拳《にぎりこぶし》を両方枕に乗せ、それで額を支えながら俯向《うつむ》いた。

（2）

この汽車は新橋を昨夜九時半に発って、今夕《こんせき》敦賀に入ろうという、名古屋では正午《ひる》だったから、飯に一折の鮨《すし》を買った。旅僧も私と同じくその鮨を求めたのであるが、蓋《ふた》を開けると、ばらばらと海苔が懸《かか》った、五目飯《ちらし》の下等なので。（やあ、人参と干瓢《かんぴょう》ばかりだ。）と粗忽《そそ》ッかしく絶叫した、私の顔を見て旅僧は耐《こら》え兼ねたものと見える、くっくっと笑い出した、もとより二人ばかりなり、知己《ちかづき》にはそれからなったのだが、

（3）

かれは高野山に籍を置くものだといった、年配四十五六、柔和な、なんらの奇も見えぬ、懐しい、おとなしやかな風采《とりなり》で、（中略）一見、僧侶よりは世の中の宗匠《そうしょう》というものに、それよりもむしろ俗か。

（4）

ほどなく寂然《ひっそり》として寝に就きそうだから、汽車の中でもくれぐれいったのはここのこと、私は夜が更けるまで寝ることが出来ない、あわれと思ってもうしばらくつきあって、そして諸国を行脚なすった内のおもしろい談《はなし》を、といって打解けて幼らしくねだった。

すると上人は頷いて、私《わし》は中年から仰向けに枕に就かぬのが癖で、寝るにもこのままではあるけれども目はまだなかなか冴えている、急に寝就かれないのはお前様とおんなじであろう。出家のいうことでも、教《おしえ》だの、戒《いましめ》だの、説法とばかりは限らぬ、若いの、聞かっしゃい、と言って語り出した。後で聞くと宗門《しゅうもん》名誉の説教師で、六明寺《りくみんじ》の宗朝《そうちょう》という大和尚《だいおしょう》であったそうな。

（5）

私《わし》が今話の序開《じょびらき》をしたその飛驒の山越をやった時の、麓の茶屋で一緒になった富山の売薬《くすりうり》という奴あ、けたいの悪い、ねじねじした厭な壮佼《わかもの》で。

（6）

路はここで二条《ふたすじ》になって、一条はこれからすぐに坂になって上りも急なり、草も両方から生茂ったのが、路傍《みちばた》のその角の処にある、それこそ四抱《よかかえ》、そうさな、五抱《いつかかえ》もあろうという一本の檜《ひのき》の、背後《うしろ》へ蜿《うね》って切出したような大巌《おおいわ》が二ツ三ツ四ツと並んで、上の方へ層《かさ》なってその背後へ通じているが、（中略）

と見ると、どうしたことかさ、今いうその檜じゃが、そこらに何もない路を横断《よこぎ》って見果《みはて》のつかぬ田圃《たんぼ》の中空《なかぞら》へ虹のように突出ている、見事な。根方の処《ところ》の土が壊《くず》れて大鰻《おおうなぎ》を捏《こ》ねたような根が幾筋ともなく露《あらわ》れた、その根から一筋の水がさっと落ちて、地の上へ流れるのが、取って進もうとする道の真中に流出してあたりは一面。
田圃《たんぼ》が湖にならぬが不思議で、どうどうと瀬になって、前途《ゆくて》に一叢《ひとむら》の藪《やぶ》が見える、それを境にしておよそ二町ばかりの間まるで川じゃ。（中略）
もっとも衣服《きもの》を脱いで渡るほどの大事なのではないが、本街道にはちと難儀過ぎて、なかなか馬などが歩行《ある》かれる訳のものではないので。

（7）

（何のお前様、見たばかりじゃ、訳はござりませぬ、水になったのは向うのあの藪までで、後はやっぱりこれと同一《おなじ》道筋で、山までは荷車が並んで通るでがす。藪のあるのは旧《もと》大きいお邸の医者様の跡でな、ここいらはこれでも一ツの村でがした、十三年前の大水の時、から一面に野良《のら》になりましたよ、人死《ひとじに》もいけえこと。ご坊様歩行《ある》きながらお念仏でも唱えてやってくれさっしゃい。）と問わぬことまで深切に話します。

（8）

ここで百姓に別れてその川の石の上を行こうとしたがふと猶予《ためら》ったのは売薬《くすりうり》の身の上で。
まさかに聞いたほどでもあるまいが、それが本当ならば見殺しじゃ、どの道私は出家の体、日が暮れるまでに宿へ着いて屋根の下に寝るには及ばぬ、追着《おっつ》いて引戻してやろう。（中略）
思切って坂道を取って懸《かか》った、侠気《おとこぎ》があったのではござらぬ、血気に逸《はや》ったではもとよりない、（中略）なぜまたと言わっしゃるか。

ただ挨拶をしたばかりの男なら、私は実のところ、打棄《うっちゃ》っておいたに違いはないが、快からぬ人と思ったから、そのままで見棄てるのが、故《わざ》とするようで、気が責めてならなんだから、

（9）
とお前様お聞かせ申す話は、これからじゃが、最初に申す通り路がいかにも悪い、まるで人が通いそうでない上に、恐しいのは、蛇で。両方の叢《くさむら》に尾と頭とを突込んで、のたりと橋を渡しているではあるまいか。

（10）
また二里ばかり大蛇《おろち》の蜿《うね》るような坂を、山懐《やまぶところ》に突当って岩角を曲って、木の根を繞《めぐ》って参ったがここのことで。余りの道じゃったから、参謀本部の絵図面を開いて見ました。

何やっぱり道はおんなじで聞いたにも見たのにも変はない、旧道はこちらに相違はないから心遣《こころや》りにも何にもならず、もとより歴とした図面というて、描いてある道はただ栗の毬《いが》の上へ赤い筋が引張ってあるばかり。

難儀さも、蛇も、毛虫も、鳥の卵も、草いきれも、記してあるはずはないのじゃから、さっぱりと畳んで懐《ふところ》に入れて、

（11）
この折から聞えはじめたのはどっという山彦《こだま》に伝わる響、ちょうど山の奥に風が渦巻いてそこから吹起《ふきおこ》る穴があい

たように感じられる。

何しろ山霊感応あったか、蛇は見えなくなり暑さも凌ぎよくなったので、気も勇み足も捗取《はかど》ったが、ほどなく急に風が冷たくなった理由を会得することが出来た。

というのは目の前に大森林があらわれたので。

世の譬《たとえ》にも天生峠《あもう》は蒼空《あおぞら》に雨が降るという、人の話にも神代《かみよ》から杣《そま》が手を入れぬ森があると聞いたのに、今までは余り樹がなさ過ぎた。

(12)

まずこれで七分は森の中を越したろうと思う処で五六尺天窓《あたま》の上らしかった樹の枝から、ぼたりと笠の上へ落ち留まったものがある。

鉛の錘《おもり》かとおもう心持、何か木の実ででもあるかしらんと、二三度振ってみたが附着《くっつ》いていてそのままには取れないから、何心なく手をやって摑《つか》むと、滑《なめ》らかに冷《ひや》りと来た。

(中略)

呆気に取られて見る見る内に、下の方から縮みながら、ぶくぶくと太って行くのは生血をしたたかに吸込むせいで、濁った黒い滑らかな肌に茶褐色の縞《しま》をもった、疣胡瓜《いぼきゅうり》のような血を取る動物、こいつは蛭《ひる》じゃよ。

(13)

この恐しい山蛭《やまびる》は神代《かみよ》の古《いにしえ》からここに屯《たむろ》をしていて、人の来るのを待ちつけて、永い久しい間にどのくらい何《なん》斛《ごく》かの血を吸うと、そこでこの虫の望が叶う。その時はありったけの蛭が残らず吸っただけの人間の血を吐出すと、それがために土がとけて山一ツ一面に血と泥との大沼にかわるであろう、それと同時にここに日の光を遮って昼もなお暗い大木が切々に一ツ一ツ蛭になってしまうのに相違ないと、

(14)

およそ人間が滅びるのは、地球の薄皮《うすかわ》が破れて空から火が降るのでもなければ、大海が押被《おっかぶ》さるのでもない、飛騨国の樹林《きばやし》が蛭になるのが最初で、しまいには皆血と泥の中に筋の黒い虫が泳ぐ、それが代《だい》がわりの世界であろうと、ぼんやり。

(15)

一軒の山家《やまが》の前へ来たのには、さまで難儀は感じなかった。(中略)

(ご免なさいまし、)といったがものもいわない、首筋をぐったりと、耳を肩で塞ぐほど顔を横にしたまま小児《こども》らしい、意味のない、しかもぼっちりした目で、じろじろと門に立ったものを瞻《みつ》める、その瞳を動かすさえ、おっくうらしい、気の抜けた身の持方。(中略)一ツ身のものを着たように出ッ腹の太り肉、太鼓を張ったくらいに、すべすべとふくれてしかも出臍《でべそ》という奴、南瓜《かぼちゃ》の蔕《へた》ほどな異形《いぎょう》な者を、片手でいじくりながら幽霊の手つきで、片手を宙にぶらり。

(中略)年紀《とし》がそれでいて二十二三、(中略)唖《おし》か、白痴《ばか》か、これから蛙になろうとするような少年。

(16)

(おお、お坊様。)と立顕《たちあらわ》れたのは小造《こづくり》の美しい、声も清《すず》しい、ものやさしい。

(中略)

婦人《おんな》は膝をついて坐ったが、前へ伸上るようにして、黄昏《たそがれ》にしょんぼり立った私《わし》が姿を透かして見て、

(何か用でござんすかい。)

休めともいわずはじめから宿の常世《つねよ》は留守らしい、人を泊めないときめたもののように見える。

(17)

(そう、汗におなりなさいました、さぞまあ、お暑うござんしたでしょう、お待ちなさいまし、旅籠《はたご》へお着き遊ばして湯にお入りなさいますのが、旅するお方には何よりご馳走だと申しますね、湯どころか、お茶さえ碌におもてなしもいたされませんが、あの、この裏の崖を下りますと、綺麗な流《ながれ》がございますからいっそそれへいらっしゃッてお流しがよろしゅうございましょう。)

(18)

髪は房《ふっさ》りとするのを束ねてな、櫛をはさんで簪《かんざし》で留めている、その姿の佳さというてはなかった。

(19)

そこから下りるのだと思われる、松の木の細くッて度外れに背の高い、ひょろひょろしたおよそ五六間上までは小

枝一ツもないのがある。その中を潜《くぐ》ったが、仰《あお》ぐと梢《こずえ》に出て白い、月の形はここでも別にかわりは無かった、浮世はどこにあるか十三夜で。

(20)

(あれ、嬢様ですって、)とやや調子を高めて、艶麗《あでやか》に笑った。

(中略)

(何にしても貴僧《あなた》には叔母さんくらいな年紀《とし》ですよ。まあ、お早くいらっしゃい、草履もようござんすけれど、刺《とげ》がささりますといけません、それにじくじく湿《ぬ》れていてお気味が悪うございましょうから。)と向う向でいいながら衣服《きもの》の片褄《かたづま》をぐいとあげた。真白なのが暗《やみ》まぎれ、歩行《ある》くと霜が消えて行くような。

(21)

ずんずんずんずんと道を下りる、傍らの 叢《くさむら》から、のさのさと出たのは蟇《ひき》で。

(あれ、気味が悪いよ。)というと婦人《おんな》は背後《うしろ》へ高々と踵《かかと》を上げて向うへ飛んだ。

(お客様がいらっしゃるではないかね、人の足になんか搦《から》まって、贅沢じゃあないか、お前達は虫を吸っていればたくさんだよ。

(中略)厭じゃないかね、お前達と友達をみたようで愧《はずか》しい、あれいけませんよ。)

(22)

仰いで見ると松の樹はもう影も見えない、十三夜の月はずっと低うなったが、今下りた山の頂に半ばかかって、手が届きそうにあざやかだけれども、高さはおよそ計り知られぬ。

(23)

(はい、この水は源が滝でございます、この山を旅するお方は皆な大風のような音をどこかで聞きます。貴僧《あなた》はこちらへいらっしゃる道でお心着きはなさいませんかい。)

(中略)

(いえ、誰でもそう申します、あの森から三里ばかり傍道《わきみち》へ入りました処に大滝があるのでございます、それはそれは日本一だそうですが、路が嶮《けわ》しゅうござんすので、十人に一人参ったものはございません。その滝が荒れましたと申しまして、ちょうど今から十三年前、恐しい洪水《おおみず》がございました、こんな高い処まで川の底になりましてね、麓の村も山も家も残らず流れてしまいました。この上《かみ》の洞《ほら》も、はじめは二十軒ばかりあったのでござんす、この流れもその時から出来ました、ご覧なさいましな、この通り皆な石が流れたのでございますよ。)

(24)

(あれ、貴僧《あなた》、そんな行儀のいいことをしていらしってはお召《めし》が濡れます、気味が悪うございますよ、すっぱり裸体《はだか》になってお洗いなさいまし、私が流して上げましょう。)

(25)

私《わし》は師匠が厳しかったし、経を読む身体じゃ、肌さえ脱いだことはついぞ覚えぬ。しかも婦人《おんな》の前、蝸牛《まいまいつぶろ》が城を明け渡したようで、口を利《き》くさえ、まして手足のあがきも出来ず、背中を円くして、膝を合せて、縮かまると、婦人は脱がした法衣《ころも》を傍らの枝へふわりとかけた。

(お召はこうやっておきましょう、さあお背《せな》を、あれさ、じっとして。お嬢様とおっしゃって下さいましたお礼に、叔母さんが世話を焼くのでござんす、お人の悪い。)

(26)

それから両方の肩から、背、横腹、臀《いしき》、さらさら水をかけてはさすってくれる。

それがさ、骨に通って冷たいかというとそうではなかった。暑い時分じゃが、理窟をいうとこうではあるまい、私の血が沸いたせいか、婦人《おんな》の温気《ぬくみ》か、手で洗ってくれる水がいい工合に身に染みる、もっとも質《たち》の佳い水は柔かじゃそうな。

(中略)ひたと附《くっ》ついている婦人の身体で、私は花びらの中へ包まれたような工合。

山家《やまが》の者には肖合《にあ》わぬ、都にも希な器量はいうに及ばぬが弱々しそうな風采《ふう》じゃ、背中を流す中《うち》にもはッはッと内証で呼吸《いき》がはずむから、もう断ろう断ろうと思いながら、例の恍惚《うっとり》で、気はつきながら洗わした。

その上、山の気か、女の香《におい》か、ほんのりと佳い薫《かおり》がする、私は背後《うしろ》でつく息じゃろうと思った。

(27)

(失礼、)

（いいえ誰も見ておりはしませんよ。）と澄して言う、婦人《おんな》もいつの間にか衣服《きもの》を脱いで全身を練絹《ねりぎぬ》のように露していたのじゃ。

何と驚くまいことか。

(28)

（まあ、女がこんなお転婆をいたしまして、川へ落《おっ》こちたらどうしましょう、川下へ流れて出ましたら、村里の者が何といって見ましょうね。）

（白桃の花だと思います。）とふと心付いて何の気もなしにいうと、顔が合うた。

すると、さも嬉しそうに莞爾《にっこり》してその時だけは初々しゅう年紀《とし》も七ツ八ツ若やぐばかり、処女《きむすめ》の羞《はじ》を含んで下を向いた。

(29)

するとね、夜目で判然《はっきり》とは目に入らなんだが地体《じたい》何でも洞穴があるとみえる。ひらひらと、こちらからもひらひらと、ものの鳥ほどはあろうという大蝙蝠《こうもり》が目を遮《さえぎ》った。

（あれ、いけないよ、お客様があるじゃないかね。）

(30)

その時小犬ほどな鼠色の小坊主《こぼうず》が、ちょこちょことやって来て、あなやと思うと、崖から横に宙をひょいと、背後《うしろ》から婦人《おんな》の背中へぴったり。

（中略）

（畜生、お客様が見えないかい。）

と声に怒《いかり》を帯びたが、

（お前達は生意気だよ、）と激しくいいさま、腋の下から覗こうとした件《くだん》の動物の天窓《あたま》を振返りさまにくらわしたで。

キッキッというて奇声を放った、件の小坊主は（中略）何と猿じゃあるまいか。

(31)

優しいなかに強みのある、気軽に見えてもどこにか落着のある、馴々しくて犯し易からぬ品のいい、いかなることにもいざとなれば驚くに足らぬという身に応《こたえ》のあるといったような風の婦人《おんな》、

(32)

私はそのさっきから何んとなくこの婦人《おんな》に畏敬《いけい》の念が生じて善か悪か、どの道命令されるように心得たから、いわるるままに草履を穿いた。

(33)

（はい、辻の手前で富山の反魂丹売《はんごんたんうり》に逢いましたが、一足先にやっぱりこの路へ入りました。）

（ああ、そう。）と会心の笑を洩して婦人《おんな》は蘆毛《あしげ》の方を見た、およそ耐《たま》らなく可笑しいといったはしたない風采《とりなり》で。

極めて与《くみ》し易う見えたので、

（もしや此家《こちら》へ参りませなんだでございましょうか。）

（いいえ、存じません。）という時たちまち犯すべからざる者になったから、私は口をつぐむと、

（34）

婦人《おんな》は衣紋《えもん》を抱き合せ、乳の下でおさえながら静に土間を出て馬の傍《わき》へつつと寄った。

（中略）爪立をして伸び上り、手をしなやかに空ざまにして、二三度鬣《たてがみ》を撫でたが。

大きな鼻頭《はなづら》の正面にすっくりと立った。丈《せい》もすらすらと急に高くなったように見えた、婦人は目を据え、口を結び、眉を開いて恍惚《うっとり》となった有様、愛嬌《あいきょう》も嬌態《しな》も、世話らしい打解けた風はとみに失せて、神か、魔かと思われる。

（35）

（あの流れはどんな病にでもよく利きます、私が苦労をいたしまして骨と皮ばかりに体が朽《か》れましても、半日あすこにつかっておりますと、水々しくなるのでございますよ。もっともあのこれから冬になりまして山がまるで氷ってしまい、川も崕《がけ》も残らず雪になりましても、貴僧《あなた》が行水を遊ばしたあすこばかりは水が隠れません、そうしていきりが立ちます。

鉄砲疵《きず》のございます猿だの、貴僧、足を折った五位鷺《ごいさぎ》、種々なものが浴《ゆあ》みに参りますからその足跡で崕の路が出来ますくらい、きっとそれが利いたのでございましょう。）

（36）

その時は早や、夜がものに譬《たと》えると谷の底じゃ、白痴《ばか》がだらしのない寝息も聞えなくなると、たちまち戸の外にものの気勢《けはい》がしてきた。

（中略）

むささびかも知らぬがきッきッといって屋の棟へ、やがておよそ小山ほどあろうと気取られるのが胸を圧《お》すほどに近いて来て、牛が鳴いた、遠くの彼方からひたひたと小刻に駈けて来るのは、二本足に草鞋《わらじ》を穿《は》いた獣と思われた、いやさまざまにむらむらと家のぐるりを取巻いたようで、二十三十のものの鼻息、羽音、中には囁いているのがある。あたかも何よ、それ畜生道の地獄の絵を、月夜に映したような怪しの姿が板戸一枚、魑魅魍魎《ちみもうりょう》というのであろうか、ざわざわと木の葉が戦《そよ》ぐ気色《けしき》だった。

（中略）

（お客様があるじゃないか。）

としばらく経って二度目のははっきりと清《すず》しい声。

極めて低声《こごえ》で、

（お客様があるよ。）といって寝返る音がした、更に寝返る音がした。

戸の外のものの気勢《けはい》は動揺《どよめき》を造るがごとく、ぐらぐらと家が揺《ゆらめ》いた。

私は陀羅尼《だらに》を呪《じゅ》した。

（37）
翌日また正午頃《ひる》、里近く、滝のある処で、昨日馬を売りに行った親仁《おやじ》の帰りに逢うた。

ちょうど私が修行に出るのを止《よ》して孤家《ひとつや》に引返して、婦人《おんな》と一所に生涯を送ろうと思っていたところで。

実を申すとここへ来る途中でもその事ばかり考える、蛇の橋も幸になし、蛭《ひる》の林もなかったが、道が難渋なにつけても、汗が流れて心持が悪いにつけても、今更行脚《あんぎゃ》もつまらない。紫の袈裟《けさ》をかけて、七堂伽藍《しちどうがらん》に住んだところで何ほどのこともあるまい、

（38）
昨夜も白痴《ばか》を寝かしつけると、婦人《おんな》がまた炉のある処へやって来て、世の中へ苦労をしに出ようより、夏は涼しく、冬は暖い、この流に一所に私の傍《そば》においでなさいというてくれるし、（中略）しきりに婦人が不便でならぬ、深山《みやま》の孤家《ひとつや》に白痴《ばか》の伽《とぎ》をして言葉も通ぜず、日を経《ふ》るに従うてものをいうことさえ忘れるような気がするというは何たる事！

（39）
その手と手を取交《とりかわ》すには及ばずとも、傍につき添って、朝夕の話対手《はなしあいて》、蕈《きのこ》の汁でご膳を食べたり、私が榾《ほだ》を焚《た》いて、婦人《おんな》が鍋をかけて、私が木の実を拾って、婦人が皮を剝《む》いて、それから障子の内と外で、話をしたり、笑ったり、それから谷川で二人して、その時の婦人が裸体《はだか》になって私が背中へ呼吸《いき》が通《かよ》って、微妙な薫《かおり》の花びらに暖《あたたか》に包まれたら、そのまま命が失せてもいい！

(40)

ただ一筋でも巌を越して男滝《おだき》に縋《すが》りつこうとする形、(中略)この方は姿も窶《やつ》れ容《かたち》も細って、流るる音さえ別様に、泣くか、怨むかとも思われるが、あわれにも優しい女滝《めだき》じゃ。

男滝の方はうらはらで、石を砕き、地を貫く勢、堂々たる有様じゃ、(中略)女滝の心を砕く姿は、男の膝に取ついて美女が泣いて身を震わすようで、岸に居てさえ体がわなく、肉が跳《おど》る。ましてこの水上《みなかみ》は、昨日孤家《ひとつや》の婦人《おんな》と水を浴びた処と思うと、気のせいかその女滝の中に絵のようなかの婦人の姿が歴々《ありあり》、と浮いて出ると巻込まれて、沈んだと思うとまた浮いて、千筋《ちすじ》に乱るる水とともにその膚《はだえ》が粉《こ》に砕けて、花片《はなびら》が散込むような。

(41)

何じゃの、己《おら》が嬢様に念《おもい》が懸《かか》って煩悩が起きたのじゃの。(中略)

地体並《じたいなみ》のものならば、嬢様の手が触ってあの水を振舞われて、今まで人間でいようはずがない。

牛か馬か、猿か、蟇《ひき》か、蝙蝠《こうもり》か、何にせい飛んだか跳《は》ねたかせねばならぬ。谷川から上って来さしった時、手足も顔も人じゃから、おらあ魂消《たまげ》たくらい。お前様それでも感心に志が堅固じゃから助かったようなものよ。

何と、おらが曳《ひ》いて行った馬を見さしったろう。それで、孤家《ひとつや》へ来さっしゃる山路で富山の反魂丹売《はんごんたんうり》に逢わしったというではないか、それみさっせい、あの助平野郎、とうに馬になって、それ馬市でお銭《あし》になって、お銭が、そうらこの鯉に化けた。大好物で晩飯の菜になさる、お嬢様を一体何じゃと思わっしゃるの。

(42)

いや、まず聞かっしゃい、あの孤家《ひとつや》の婦人《おんな》というは、旧《もと》な、これも私には何かの縁があった、あの恐しい魔処《ましょ》へ入ろうという岐道《そばみち》の水が溢れた往来で、百姓が教えて、あすこはその以前医者の家であったというたが、その家の嬢様じゃ。

何でも飛騨一円当時変ったことも珍らしいこともなかったが、ただ取り出でていう不思議はこの医者の娘で、生まれると玉のよう。

(43)

さあ、あの神様の手が障れば鉄砲玉でも通るまいと、蜘蛛《くも》の巣のように評判が八方へ。

その頃からいつとなく感得したものとみえて、仔細あって、あの白痴《ばか》に身を任せて山に籠ってからは神変不思議、年を経《ふ》るに従うて神通自在じゃ。はじめは体を押つけたのが、足ばかりとなり、手さきとなり、果は間を隔てていても、道を迷うた旅人は嬢様が思うままはッという呼吸《いき》で変ずるわ。

(44)

その時分はまだ一個の荘、家も小《こ》二十軒あったのが、娘が来て一日二日、ついほだされて逗留した五日目から大雨が降出した。（中略）八日を八百年と雨の中に籠ると九日目の真夜中から大風が吹出してその風の勢ここが峠というところでたちまち泥海。

この洪水で生残ったのは、不思議にも娘と小児《こども》とそれにその時村から供をしたこの親仁《おやじ》ばかり。

おなじ水で医者の内も死絶えた、さればかような美女が片田舎に生れたのも国が世がわり、代がわりの前兆であろうと、土地のものは言い伝えた。

嬢様は帰るに家なく、世にただ一人となって小児《こども》と一所に山に留まったのはご坊が見らるる通り、またあの白痴《ばか》につきそって行届いた世話も見らるる通り、洪水の時から十三年、いまになるまで一日もかわりはない。

(45)

しかもうまれつきの色好み、殊にまた若いのが好じゃで、何かご坊にいうたであろうが、それを実《まこと》としたところで、やがて飽かれると尾が出来る、耳が動く、足がのびる、たちまち形が変ずるばかりじゃ。

いややがて、この鯉を料理して、大胡坐《おおあぐら》で飲む時の魔神の姿が見せたいな。

妄念は起さずに早うここを退《の》かっしゃい、助けられたが不思議なくらい、嬢様別してのお情じゃわ、生命《いのち》冥加《みょうが》な、お若いの、きっと修行をさっしゃりませ。

(46)

高野聖はこのことについて、あえて別に註《ちゅう》して教を与えはしなかったが、翌朝袂《たもと》を分って、雪中山越にかかるのを、名残惜しく見送ると、ちらちらと雪の降るなかを次第に高く坂道を上る聖の姿、あたかも雲に駕《が》して行くように見えたのである。

Ⅳ

田山花袋『蒲団』

（『新小説』明治四〇年九月）

（1）

小石川の切支丹坂《きりしたんざか》から極楽水《ごくらくすい》に出る道のだらだら坂を下りようとして彼は考えた。「これで自分と彼女との関係は一段落を告げた。三十六にもなって、子供も三人あって、あんなことを考えたかと思うと、馬鹿々々しくなる。けれど……けれど……本当にこれが事実だろうか。あれだけの愛情を自身に注いだのは単に愛情としてのみで、恋ではなかったろうか」

数多い感情ずくめの手紙――二人の関係はどうしても尋常《よのつね》ではなかった。妻があり、子があり、世間があり、師弟の関係があればこそ敢て烈《はげ》しい恋に落ちなかったが、語り合う胸の轟《とどろき》、相見る眼の光、その底には確かに凄じい暴風《あらし》が潜んでいたのである。（中略）少くとも男はそう信じていた。それであるのに、二三日来のこの出来事、これから考えると、女は確かにその感情を偽り売ったのだ。自分を欺いたのだと男は幾度も思った。けれど文学者だけに、この男は自ら自分の心理を客観するだけの余裕を有《も》っていた。年若い女の心理は容易に判断し得られるものではない、かの温い嬉しい愛情は、単に女性特有の自然の発展で、美しく見えた眼の表情も、やさしく感じられた態度もすべて無意識で、無意味で、自然の花が見る人に一種の慰藉《なぐさみ》を与えたようなものかも知れない。一歩を譲って女は自分を愛して恋していたとしても、自分は師、かの女は門弟、自分は妻あり子ある身、かの女は妙齢の美しい花、そこに互に意識の加わるのを如何《いかん》ともすることは出来まい。（中略）女性のつつましやかな性《さが》として、そのうえになお露《あら》わに迫って来ることがどうして出来よう。そういう心理からかの女は失望して、今回のような事を起したのかも知れぬ。

「とにかく時機は過ぎ去った。かの女は既に他人《ひと》の所有《もの》だ！」

歩きながら彼はこう絶叫して頭髪《かみのけ》をむしった。

（2）

その数多い工場の一つ、西洋風の二階の一室、それが彼の毎日正午《ひる》から通う処で、十畳敷ほどの広さの室《へや》の中央には、大きい一脚の卓《テーブル》が据えてあって、傍に高い西洋風の本箱、この中には総《すべ》て種々の地理書が一杯入れられてある。彼はある書籍会社の嘱託を受けて地理書の編輯の手伝に従っているのである。文学者に地理書の編輯！　彼は自分が地理の趣味を有っているからと称して進んでこれに従事しているが、内心これに甘じておらぬことは言うまでもない。後《おく》れ勝なる文学上の閲歴、断篇のみを作っていまだに全力の試みをする機会に遭遇せぬ煩悶《もだえ》、青年雑誌から月毎に受ける罵評の苦痛、彼自らはその他日成すあるべきを意識してはいるものの、中心これを苦に病まぬ訳には行かなかった。社会は日増《ひまし》に進歩する。電車は東京市の交通を一変させた。女学生は勢力になって、もう自分が恋をした頃のような旧式の娘は見たくも見られなくなった。青年はまた青年で、恋を説くにも、文学を談ずるにも、政治を語るにも、その態度が総て一変して、自分等とは永久に相触れることが出来ないように感じられた。

（3）

ふとどういう連想か、ハウプトマンの「寂しき人々」を思い出した。こうならぬ前に、この戯曲《ドラマ》をかの女の日課として教えて遣ろうかと思ったことがあった。ヨハンネス・フォケラートの心事と悲哀とを教えて遣りたかった。この戯曲を彼が読んだのは今から三年以前、まだかの女のこの世にあることをも夢にも知らなかった頃であったが、その頃から彼は淋しい人であった。あえてヨハンネスにその身を比そうとは為《し》なかったが、アンナのような女がもしあったなら、そういう悲劇《トラジディ》に陥るのは当然だとしみじみ同情した。今はそのヨハンネスにさえなれぬ身だと思って長嘆した。

（4）

彼は名を竹中時雄と言った。

今より三年前、三人目の子が細君の腹に出来て、新婚の快楽などはとうに覚め尽した頃であった。世の中の忙しい事業も意味がなく、一生作《ライフワーク》に力を尽す勇気もなく、日常の生活――朝起きて、出勤して、午後四時に帰って来て、同じように細君の顔を見て、飯を食って眠るという単調なる生活につくづく倦き果てて了《しま》った。家を引越歩いても面白くない、友人と語り合っても面白くない、外国小説を読み渉《あさ》猟っても満足が出来ぬ。（中略）道を歩いて常に見る若い美しい女、出来るならば新しい恋を為たいと痛切に思った。

（5）

神戸の女学院の生徒で、生れは備中の新見町で、彼の著作の崇拝者で、名を横山芳子という女から崇拝の情を以て充された一通の手紙を受取ったのはその頃であった。（中略）年は十九だそうだが、手紙の文句から推《お》して、その表情の巧みなのは驚くべきほどで、いかなることがあっても先生の門下生になって、一生文学に従事したいとの切なる願望《のぞみ》。文字は走り書のすらすらした字で、余程ハイカラの女らしい。

（6）

芳子は町の小学校を卒業するとすぐ、神戸に出て神戸の女学院に入り、其処でハイカラな女学校生活を送った。基督教の女学校は他の女学校に比して、文学に対してすべて自由だ。その頃こそ「魔風恋風」や「金色夜叉《こんじきやしゃ》」などを読んではならんとの規定も出ていたが、文部省で干渉しない以前は、教場でさえなくば何を読んでも差支なかった。（中略）母の膝下《ひざもと》が恋しいとか、故郷が懐かしいとか言うことは、来た当座こそ切実に辛く感じもしたが、やがては全く忘れて、女学生の寄宿生活をこの上なく面白く思うようになった。（中略）美しいこと、理想を養うこと、虚栄心の高いこと——こういう傾向をいつとなしに受けて、芳子は明治の女学生の長所と短所とを遺憾なく備えていた。

（7）

昔の恋人——今の細君。かつては恋人には相違なかったが、今は時勢が移り変った。四五年来の女子教育の勃興、女子大学の設立、庇髪《ひさしがみ》、海老茶袴《えびちゃばかま》、男と並んで歩くのをはにかむようなものは一人も無くなった。この世の中に、旧式の丸髷《まるまげ》、泥鴨《あひる》のような歩き振、温順と貞節とより他に何物をも有せぬ細君に甘んじていることは時雄には何よりも情けなかった。路を行けば、美しい今様の細君を連れての睦じい散歩、友を訪《と》えば夫の席に出て流暢に会話を賑かす若い細君、ましてその身が骨を折って書いた小説を読もうでもなく、夫の苦悶煩悶には全く風馬牛で、子供さえ満足に育てれば好いという自分の細君に対すると、どうしても孤独を叫ばざるを得なかった。「寂しき人々」のヨハンネスと共に、家妻というものの無意味を感ぜずにはいられなかった。これが——この孤独が芳子に由《よ》って破られた。ハイカラな新式な美しい女門下生が、先生！　先生！　と世にも豪《えら》い人のように渇仰して来るのに胸を動かさずに誰がおられようか。

（8）

時雄の書斎にある西洋本箱を小さくしたような本箱が一閑張《いっかんばり》の机の傍にあって、その上には鏡と、紅皿と、白粉《おしろい》の鬟《びん》と、今一つシュウソカリの入った大きな鬟がある。これは神経過敏で、頭脳《あたま》が痛くって為方《しかた》が無い時に飲むのだという。本箱には紅葉全集、近松世話浄瑠璃、英語の教科書、ことに新しく買ったツルゲネーフ全集が際立って目に附く。で、未来の閨秀《けいしゅう》作家は学校から帰って来ると、机に向って文を書くというよりは、むしろ多く手紙を書くので、男の友達も随分多い。男文字の手紙も随分来る。中にも高等師範の学生に一人、早稲田大学の学生に一人、それが時々遊びに来たことがあったそうだ。

（9）

「芳子さんにも困ったものですねと姉が今日も言っていましたよ、男の友達が来るのは好いけれど、夜など一緒に二七（不動）に出かけて、遅くまで帰って来ないことがあるんですって。そりゃ芳子さんはそんなことは無いのに決っているけれど、世間の口が喧《やかま》しくって為方《しかた》が無いと云っていました」

これを聞くと時雄はきまって芳子の肩を持つので、「お前達のような旧式の人間には芳子の遣ることなどは判りゃせんよ。男女が二人で歩いたり話したりさえすれば、すぐあやしいとか変だとか思うのだが、いったい、そんなことを思ったり、言ったりするのが旧式だ、今では女も自覚しているから、為《し》ようと思うことは勝手にするさ」

（10）

芳子は女学生としては身装《みなり》が派手過ぎた。黄金《きん》の指環をはめて、流行を趁《お》った美しい帯をしめて、すっきりとした立姿は、路傍の人目を惹くに十分であった。美しい顔と云うよりは表情のある顔、非常に美しい時もあれば何だか醜い時もあった。眼に光りがあってそれが非常によく働いた。四五年前までの女は感情を顕わすのに極めて単純で、怒った容《かたち》とか笑った容とか、三種、四種位しかその感情を表わすことが出来なかったが、今では情を巧に顔に表わす女が多くなった。芳子もその一人であると時雄は常に思った。

(11)

若い女のうかれ勝な心、うかれるかと思えばすぐ沈む。些細なことにも胸を動かし、つまらぬことにも心を痛める。恋でもない、恋でなくも無いというようなやさしい態度、時雄は絶えず思い惑った。道義の力、習俗の力、機会一度至ればこれを破るのは帛《きぬ》を裂くよりも容易だ。ただ、容易に来らぬはこれを破るに至る機会である。

この機会がこの一年の間にすくなくとも二度近寄ったと時雄は自分だけで思った。

(12)

二度目はそれから二月《ふた》ほど経った春の夜、ゆくりなく時雄が訪問すると、芳子は白粉《おしろい》をつけて、美しい顔をして、火鉢の前にぽつねんとしていた。

「どうしたの」と訊くと、

「お留守番ですの」

「姉は何処へ行った?」

「四谷へ買物に」

と言って、じっと時雄の顔を見る。いかにも艶《まなめ》かしい。時雄はこの力ある一瞥に意気地なく胸を躍らした。二語《ふたこと》三語《みこと》、普通のことを語り合ったが、その平凡なる物語が更に平凡でないことを互に思い知ったらしかった。この時、今十五分も一緒に話し合ったならば、どうなったであろうか。女の表情の眼は輝き、言葉は艶《なま》めき、態度がいかにも尋常《よのつね》でなかった。

「今夜は大変綺麗《きれい》にしてますね？」

男はわざと軽く出た。

「え、さきほど、湯に入りましたのよ」

「大変に白粉が白いから」

「あらまア先生！」と言って、笑って体を斜《はす》に嬌態《きょうたい》を呈した。

(13)

芳子の恋人は同志社の学生、神戸教会の秀才、田中秀夫、年二十一。

芳子は師の前にその恋の神聖なるを神懸けて誓った。故郷の親達は、学生の身で、ひそかに男と嵯峨に遊んだのは、すでにその精神の堕落であると云ったが、決してそんな汚《けが》れた行為はない。互に恋を自覚したのは、むしろ京都で別れてからで、東京に帰って来てみると、男から熱烈なる手紙が来ていた。それではじめて将来の約束をしたような次第で、決して罪を犯したようなことは無いと女は涙を流して言った。時雄は胸に至大の犠牲を感じながらも、その二人の所謂《いわゆる》神聖なる恋の為めに力を尽すべく余儀なくされた。

(14)

あくる日は日曜日の雨、裏の森にざんざん降って、時雄の為めには一倍に侘しい。欅《けやき》の古樹に降りかかる雨の脚《あし》、それが実に長く、限りない空から限りなく降っているとしか思われない。時雄は読書する勇気も無い、筆を執る勇気もない。もう秋で冷々《ひやびや》と背中の冷たい籐椅子《とういす》に身を横えつつ、雨の長い脚を見ながら、今回の事件からその身の半生のことを考えた。かれの経験にはこういう経験が幾度もあった。一歩の相違で運命の唯中《ただなか》に入ることが出来ずに、いつも圏外に立たせられた淋しい苦悶、その苦しい味をかれは常に味った。文学の側でもそうだ、社会の側でもそうだ。恋、恋、恋、今になってもこんな消極的な運命に漂わされているかと思うと、その身の意気地なしと運命のつたないことがひしひしと胸に迫った。ツルゲネーフのいわゆる Superfluous man! だと思って、その主人公の儚い一生を胸に繰返した。

(15)

急いで封を切った。巻紙の厚いのを見ても、その事件に関しての用事に相違ない。時雄は熱心に読下した。

言文一致で、すらすらとこの上ない達筆。

(16)

先生――

実は御相談に上りたいと存じましたが、あまり急でしたものでしたから、独断で実行致しました。

昨日四時に田中から電報が参りまして、六時に新橋の停車場に着くとのことですもの、私はどんなに驚きましたか知れません。

（中略）

どうか先生、お許し下さいまし。私共も激しい感情の中に、理性も御座いますから、京都でしたような、仮りにも常識を外れた、他人から誤解されるようなことは致しません。誓って、決して致しません。

(17)

この一通の手紙を読んでいる中、さまざまの感情が時雄の胸を火のように燃えて通った。その田中という二十一の青年が現にこの東京に来ている。芳子が迎えに行った。何をしたか解らん。（中略）人が見ていぬ旅籠屋《はたご》の二階、何を為ているか解らぬ。汚れる汚れぬのも刹那《せつな》の間だ。こう思うと時雄は堪《たま》らなくなった。「監督者の責任にも関する！」と腹の中で絶叫した。こうしてはおかれぬ、こういう自由を精神の定《き》まらぬ女に与えておくことは出来ん。監督せんければならん、保護せんけりゃならん。私共は熱情もあるが理性がある！　私共とは何だ！　何故私とは書かぬ、何故複数を用いた？　時雄の胸は嵐のように乱れた。

(18)

時雄はこの夏の夜景を朧《おぼろ》げに眼には見ながら、電信柱に突当って倒れそうにしたり、浅い溝に落ちて膝頭《ひざがしら》をついたり、職工体《てい》の男に、「酔漢奴《よっぱらいめ》！　しっかり歩け！」と罵られたりした。（中略）興奮した心の状態、奔放な情と悲哀の快感とは、極端までその力を発展して、一方痛切に嫉妬の念に駆られながら、一方冷淡に自己の状態を客観した。

初めて恋するような熱烈な情は無論なかった。盲目にその運命に従うと言うよりは、むしろ冷かにその運命を批判した。熱い主観の情と冷めたい客観の批判とが絡《よ》り合せた糸のように固く結び着けられて、一種異様の心の状態を呈した。

悲しい、実に痛切に悲しい。この悲哀は華やかな青春の悲哀《かなしみ》でもなく、単に男女の恋の上の悲哀でもなく、人生の最奥《さいおう》に秘んでいるある大きな悲哀《かなしみ》だ。行く水の流、咲く花の凋落《ちょうらく》、この自然の底に蟠《わだかま》れる抵抗すべからざる力に触れては、人間ほど儚い情ないものはない。

汪然《おうぜん》として涙は時雄の鬚面《ひげづら》を伝った。

(19)

矢来町の時雄の宅、今まで物置にしておいた二階の三畳と六畳、これを綺麗に掃除して、芳子の住居《すまい》とした。(中略)箒《ほうき》をかけ雑巾《ぞうきん》をかけ、雨のしみの附いた破れた障子を貼《は》り更えると、こうも変るものかと思われるほど明るくなって、裏の酒井の墓塋《はか》の大樹の繁茂《しげり》が心地よき空翠《みどり》をその一室に漲《みなぎ》らした。隣家《となり》の葡萄棚、打捨てて手を入れようともせぬ庭の雑草の中に美人草の美しく交って咲いているのも今更に目につく。時雄はさる画家の描いた朝顔の幅《ふく》を選んで床に懸け、懸花瓶《かけはないけ》には後《おく》れ咲の薔薇《ばら》の花を挿した。午頃《ひるごろ》に荷物が着いて、大きな支那鞄《しなかばん》、柳行李《やなぎごうり》、信玄袋、本箱、机、夜具、これを二階に運ぶのには中々骨が折れる。時雄はこの手伝いに一日社を休むべく余儀なくされたのである。

机を南の窓の下、本箱をその左に、上に鏡やら紅皿やら罎《びん》やらを順序よく並べた。押入の一方には支那鞄、柳行李、更紗《さらさ》の蒲団夜具の一組を他の一方に入れようとした時、女の移香《うつりが》が鼻を撲《う》ったので、時雄は変な気になった。

(20)

　時雄は芳子の言葉の中に、「私共」と複数を遣うのと、もう公然許嫁《いいなずけ》の約束でもしたかのように言うのとを不快に思った。まだ、十九か二十の妙齢の処女が、こうした言葉を口にするのを怪しんだ。時雄は時代の推移《おしうつ》ったのを今更のように感じた。当世の女学生気質《かたぎ》のいかに自分等の恋した時代の処女気質と異っているかを思った。もちろん、この女学生気質を時雄は主義の上、趣味の上から喜んで見ていたのは事実である。昔のような教育を受けては、とうてい今の明治の男子の妻としては立って行かれぬ。女子も立たねばならぬ、意志の力を十分に養わねばならぬとはかれの持論である。この持論をかれは芳子に向っても少なからず鼓吹《こすい》した。けれどこの新派のハイカラの実行を見てはさすがに眉を顰《ひそ》めずにはいられなかった。

（21）

　空想から空想、その空想はいつか長い手紙となって京都に行った。京都からもほとんど隔日のように厚い厚い封書が届いた。書いても書いても尽くされぬ二人の情――余りその文通の頻繁なのに時雄は芳子の不在を窺って、監督という口実の下にその良心を抑えて、こっそり机の抽出《ひきだし》やら文箱《ふばこ》やらをさがした。捜し出した二三通の男の手紙を走り読みに読んだ。

　恋人のするような甘ったるい言葉は到る処に満ちていた。けれど時雄はそれ以上にある秘密を捜し出そうと苦心した。接吻《せっぷん》の痕《あと》、性慾の痕が何処かに顕われておりはせぬか。神聖なる恋以上に二人の間は進歩しておりはせぬか、けれど手紙にも解らぬのは恋のまことの消息であった。

（22）

時雄の眼に映じた田中秀夫は、想像したような一箇秀麗な丈夫《じょうふ》でもなく天才肌の人とも見えなかった。麹町三番町通の安旅人宿《やすはたご》、三方壁でしきられた暑い室《へや》に初めて相対した時、まずかれの身に迫ったのは、基督教に養われた、いやに取澄ました、年に似合わぬ老成な、厭な不愉快な態度であった。京都訛《なまり》の言葉、色の白い顔、やさしいところはいくらかはあるが、多い青年の中からこうした男を特に選んだ芳子の気が知れなかった。ことに時雄がもっとも厭に感じたのは、天真流露という率直なところが微塵《みじん》もなく、自己の罪悪にも弱点にも種々の理由を強いてつけて、これを弁解しようとする形式的態度であった。

(23)

「どうかまた御心配下さるように……この上御心配かけては申訳がありませんけれど」と芳子は縋《すが》るようにして顔を赧《あから》めた。

「心配せん方が好い、どうかなるよ」

芳子が出て行った後、時雄は急に険しい難かしい顔に成った。「自分に……自分に、この恋の世話が出来るだろうか」と独りで胸に反問した。「若い鳥は若い鳥でなくては駄目だ。自分等はもうこの若い鳥を引く美しい羽を持っていない」こう思うと、言うに言われぬ寂しさがひしと胸を襲った。「妻と子——家庭の快楽だと人は言うが、それに何の意味がある。子供の為めに生存している妻は生存の意味があろうが、妻を子に奪われ、子を妻に奪われた夫はどうして寂寞《せきばく》たらざるを得るか」時雄はじっと洋燈《ランプ》を見た。

(24)

父母はあの通りです。先生があのように仰《おっ》しゃって下すっても、旧風《むかしふう》の頑固《かたくな》で、私共の心を汲《く》んでくれようとも致しませず、泣いて訴えましたけれど、許してくれません。（中略）先生、私は決心致しました。聖書にも女は親に離れて夫に従うと御座います通り、私は田中に従おうと存じます。

（中略）国からの補助を受けませんでも、私等は私等二人で出来るまでこの世に生きてみようと思います。（中略）せっかく先生があのように私等の為めに国の父母をお説き下すったにも係らず、父母はただ無意味に怒ってばかりいて、取合ってくれませんのは、余りと申せば無慈悲です、勘当《かんどう》されても為方《しかた》が御座いません。堕落々々と申して、ほとんど歯《よわい》せぬばかりに申しておりますが、私達の恋はそんなに不真面目なもので御座いましょうか。それに、家の門地々々と申しますが、私は恋を父母の都合によって致すような旧式の女でないことは先生もお許し下さるでしょう。

㉕

時雄は胸の轟《とどろ》きを静める為め、月朧《おぼろ》なる利根川の堤の上を散歩した。（中略）時雄は土手を歩きながら種々のことを考えた。芳子のことよりは一層痛切に自己の家庭のさびしさということが胸を往来した。（中略）芳子はかれの為めに平凡なる生活の花でもあり又糧《かて》でもあった。芳子の美しい力に由って、荒野のごとき胸に花咲き、錆《さ》び果てた鐘は再び鳴ろうとした。芳子の為めに、復活の活気は新しく鼓吹された。であるのに再び寂寞《せきばく》荒涼たる以前の平凡なる生活にかえらなければならぬとは……。不平よりも、嫉妬よりも、熱い熱い涙がかれの頬を伝った。

かれは真面目に芳子の恋とその一生とを考えた。二人同棲して後の倦怠《けんたい》、疲労、冷酷を自己の経験に照らしてみた。

（中略）

真面目なる解決を施さなければならぬという気になった。今までの自分の行為《おこない》の甚《はなは》だ不自然で不真面目であるのに思いついた。時雄はその夜、備中の山中にある芳子の父母に寄する手紙を熱心に書いた。芳子の手紙をその中に巻込んで、二人の近況を詳しく記し、

(26)

「で、二人の間の関係をどう御観察なすったです」

時雄は父親に問うた。

「そうですな。関係があると思わんけりゃなりますまい」

「今の際、確めておく必要があると思うですが、芳子さんに、嵯峨行の弁解をさせましょうか。今度の恋は嵯峨行の後に始めて感じたことだと言うてましたから、その証拠になる手紙があるでしょうから」

「まア、そこまでせんでも……」

父親は関係を信じつつもその事実となるのを恐れるらしい。

運悪くそこに芳子は茶を運んで来た。

時雄は呼留めて、その証拠になる手紙があるだろう、その身の潔白を証する為めに、その前後の手紙を見せ給えと迫った。

これを聞いた芳子の顔は俄《にわ》かに赧《あか》くなった。さも困ったという風が歴々《ありあり》として顔と態度とに顕《あら》われた。

「あの頃の手紙はこの間皆な焼いて了いましたから」その声は低かった。

「焼いた？」

「ええ」

芳子は顔を俛《た》れた。

「焼いた？　そんなことは無いでしょう」

芳子の顔はいよいよ赧くなった。時雄は激さざるを得なかった。事実は恐しい力でかれの胸を刺した。

(27)

先生、

私は堕落女学生です。私は先生の御厚意を利用して、先生を欺きました。その罪はいくらお詫びしても許されませぬほど大きいと思います。先生、どうか弱いものと思ってお憐み下さい。先生に教えて頂いた新しい明治の女子としての務め、それを私は行っておりませんでした。やはり私は旧派の女、新しい思想を行う勇気を持っておりませんでした。私は田中に相談しまして、どんなことがあってもこの事ばかりは人に打明けまい。過ぎたことは為方が無いが、これからは清浄な恋を続けようと約束したのです。(中略)どうか先生、この憐れなる女をお憐み下さいまし。先生にお縋《すが》り申すより他、私には道が無いので御座います。

(28)

昼飯の膳がやがて八畳に並んだ。これがお別れだと云うので、細君はことに注意して酒肴《さけさかな》を揃えた。(中略)けれど芳子はどうしても食べたくないという。細君が説勧《ときすす》めても来ない。時雄は自身二階に上った。

東の窓を一枚明けたばかり、暗い一室には本やら、雑誌やら、着物やら、帯やら、罎《びん》やら、行李《こうり》やら、支那鞄《しなかばん》やらが足の踏み度《ど》も無い程に散らばっていて、塵埃《ほこり》の香が夥《おびただ》しく鼻を衝《つ》く中に、芳子は眼を泣腫《なきはら》して荷物の整理を為ていた。三年前、青春の希望湧くがごとき心を抱いて東京に出て来た時のさまに比べて、何等の悲惨、何等の暗黒であろう。すぐれた作品一つ得ず、こうして田舎に帰る運命かと思うと、堪らなく悲しくならずにはいられまい。

「折角支度したから、食ったらどうです。もう暫くは一緒に飯も食べられんから」

「先生――」

と、芳子は泣出した。

時雄も胸を衝《つ》いた。師としての温情と責任とを尽したかと烈しく反省した。かれも泣きたいほど佗しくなった。光線の暗い一室、行李や書籍の散逸せる中に、恋せる女の帰国の涙、これを慰むる言葉も無かった。

(29)

発車の時間は刻々に迫った。時雄は二人のこの旅を思い、芳子の将来のことを思った。その身と芳子とは尽きざる縁《えにし》があるように思われる。妻が無ければ、無論自分は芳子を貰ったに相違ない。芳子もまた喜んで自分の妻になったであろう。理想の生活、文学的の生活、堪え難き創作の煩悶をも慰めてくれるだろう。今の荒涼たる胸をも救ってくれる事が出来るだろう。(中略) この芳子を妻にするような運命は永久その身に来ぬであろうか。この父親を自分の舅《しゅうと》と呼ぶような時は来ぬだろうか。人生は長い、運命は奇《く》しき力を持っている。処女でないということが――一度節操を破ったということが、かえって年多く子供ある自分の妻たることを容易ならしむる条件となるかも知れぬ。運命、人生――曽て芳子に教えたツルゲネーフの「プニンとバブリン」が時雄の胸に上《のぼ》った。露西亜《ロシア》の卓《すぐ》れた作家の描いた人生の意味が今更のように胸を撲《う》った。

時雄の後に、一群の見送人が居た。その蔭に、柱の傍に、いつ来たか、一箇の古い中折帽を冠った男が立っていた。

芳子はこれを認めて胸を轟《とどろ》かした。父親は不快な感を抱いた。けれど、空想に耽って立尽した時雄は、その後にその男が居るのを夢にも知らなかった。

車掌は発車の笛を吹いた。

汽車は動き出した。

(30)

五日目に、芳子から手紙が来た。いつもの人懐かしい言文一致でなく、礼儀正しい候文《そうろうぶん》で、「昨夜恙《つつが》なく帰宅致し候儘《まま》御安心被下度《くだされたく》、此の度《たび》はまことに御忙しき折柄種々御心配ばかり相懸け候うて申訳も無之《これなく》、幾重にも御詫申上候、(中略)山北辺より雪降り候うて、湛井《たたい》よりの山道十五里、悲しきことのみ思い出《い》で、かの一茶が『これがまアついの住家か雪五尺』の名句痛切に身にしみ申候、父よりいずれ御礼の文奉り度存居《ぞんじおり》候えども今日は町の市日《いちび》にて手引き難く、失礼ながら私より宜敷《よろしく》御礼申上候、まだまだ御目汚し度きこと沢山に有之候えども激しく胸騒ぎ致し候まま今日はこれにて筆擱《お》き申候」と書いてあった。

(31)

時雄は雪の深い十五里の山道と雪に埋れた山中の田舎町とを思い遣《や》った。別れた後そのままにして置いた二階に上った。懐かしさ、恋しさの余り、微かに残ったその人の面影を偲ぼうと思ったのである。武蔵野の寒い風の盛《さかん》に吹く日で、裏の古樹には潮の鳴るような音が凄じく聞えた。別れた日のように東の窓の雨戸を一枚明けると、光線は流るるように射し込んだ。机、本箱、罎《びん》、紅皿、依然として元のままで、恋しい人はいつものように学校に行っているのではないかと思われる。時雄は机の抽斗《ひきだし》を明けてみた。古い油の染みたリボンがその中に捨ててあった。時雄はそれを取って匂いを嗅いだ。暫《しばら》くして立上って襖を明けてみた。大きな柳行李が三箇細引で送るばかりに絡《から》げてあって、その向うに、芳子が常に用いていた蒲団――萌黄唐草《もえぎからくさ》の敷蒲団と、綿の厚く入った同じ模様の夜着とが重ねられてあった。時雄はそれを引出した。女のなつかしい油の匂いと汗のにおいとが言いも知らず時雄の胸をときめかした。夜着の襟《えり》の天鵞絨《ビロード》の際立って汚れているのに顔を押附けて、心のゆくばかりなつかしい女の匂いを嗅いだ。

性慾と悲哀と絶望とが忽《たちま》ち時雄の胸を襲った。時雄はその蒲団を敷き、夜着をかけ、冷めたい汚れた天鵞絨の襟に顔を埋めて泣いた。

薄暗い一室、戸外には風が吹暴《ふきあ》れていた。

Ⅴ

夏目漱石『三四郎』

（『朝日新聞』明治四一年九月一日〜一二月二九日）

（1）

うとうととして眼が覚めると女は何時の間にか、隣の爺さんと話を始めている。この爺さんは慥《たし》かに前の駅から乗った田舎者である。（中略）

女とは京都からの相乗である。乗った時から三四郎の眼に着いた。第一色が黒い。三四郎は九州から山陽線に移って、段々京大阪へ近付いてくるうちに、女の色が次第に白くなるので何時の間にか故郷を遠退《とおの》く様な憐れを感じていた。それでこの女が車室に這入《はい》って来た時は、何となく異性の味方を得た心持がした。この女の色は実際九州色であった。

（2）

改札場の際まで送って来た女は、

「色々御厄介になりまして、……では御機嫌よう」と丁寧に御辞儀をした。三四郎は革鞄と傘を片手に持ったまま、空いた手で例の古帽子を取って、只一言、

「さよなら」と云った。女はその顔を凝と眺めていた、が、やがて落付いた調子で、

「あなたは余っ程度胸のない方ですね」と云って、にやりと笑った。三四郎はプラット、フォームの上へ弾《はじ》き出された様な心持がした。

（3）

元来あの女は何だろう。あんな女が世の中に居るものだろうか。女と云うものは、ああ落付いて平気でいられるも

のだろうか。無教育なのだろうか、大胆なのだろうか。それとも無邪気なのだろうか。要するに行けるところまで行ってみなかったから、見当が付かない。思い切ってもう少し行ってみると可《よ》かった。けれども恐ろしい。別れ際にあなたは度胸のない方だと云われた時には、喫驚《びっくり》した。二十三年の弱点が一度に露見した様な心持であった。（中略）

どうも、ああ狼狽しちゃ駄目だ。学問も大学生もあったものじゃない。甚だ人格に関係してくる。

（4）

すると髭の男は、

「御互は憐れだなあ」と云い出した。「こんな顔をして、こんなに弱っていては、いくら日露戦争に勝って、一等国になっても駄目ですね。尤も建物を見ても、庭園を見ても、いずれも顔相応の所だが、——あなたは東京が始めてなら、まだ富士山を見た事がないでしょう。今に見えるから御覧なさい。あれが日本一の名物だ。あれより外に自慢するものは何もない。ところがその富士山は天然自然に昔からあったものなんだから仕方がない。我々が拵えたものじゃない」と云って又にやにや笑っている。三四郎は日露戦争以後こんな人間に出逢うとは思いも寄らなかった。どうも日本人じゃない様な気がする。

「然しこれからは日本も段々発展するでしょう」と弁護した。すると、かの男はすましたもので、

「亡びるね」と云った。

（5）

三四郎が東京で驚いたものは沢山ある。（中略）

三四郎は全く驚いた。要するに普通の田舎者が始めて都の真中に立って驚くと同じ程度に、又同じ性質に於て大いに驚いてしまった。今までの学問はこの驚きを予防する上に於て、売薬程の効能もなかった。三四郎の自信はこの驚きと共に四割方滅却した。不愉快でたまらない。

（6）

三四郎は東京の真中に立って（中略）こう感じた。けれども学生生活の裏面に横たわる思想界の活動には毫も気が付かなかった。――明治の思想は西洋の歴史にあらわれた三百年の活動を四十年で繰返している。

（7）

不図眼を上げると、左手の岡の上に女が二人立っている。（中略）女の一人はまぼしいと見えて、団扇《うちわ》を額の所に翳《かざ》している。顔はよく分らない。（中略）

左の手に白い小さな花を持って、それを嗅ぎながら来る。（中略）それで三四郎から一間ばかりの所へ来てひょいと留った。

「これは何でしょう」と云って、仰向いた。頭の上には大きな椎《しい》の木が、日の目の洩らない程厚い葉を茂らして、丸い形に、水際まで張り出していた。

「これは椎」と看護婦が云った。まるで子供に物を教える様であった。

「そう。実は生《な》っていないの」と云いながら、仰向いた顔を元へ戻す、その拍子に三四郎を一目見た。三四郎は慥《たしか》に女の黒眼の動く刹那《せつな》を意識した。その時色彩の感じは悉《ことごと》く消えて、何とも云えぬ或物に出逢った。

（8）

赤門を這入って、二人で池の周囲《まわり》を散歩した。その時ポンチ画の男は、死んだ小泉八雲先生は教員控室へ入るのが嫌で講義が済むといつでもこの周囲をぐるぐる廻ってあるいたんだと、あたかも小泉先生に教わった様な事を云った。何故控室へ這入らなかったのだろうかと三四郎が尋ねたら、

「そりゃ当り前ださ。第一彼らの講義を聞いても解るじゃないか。話せるものは一人もいやしない」と手痛《てひど》い事を平気で云ったには三四郎も驚いた。この男は佐々木与次郎と云って、専門学校を卒業して、ことし又選科へ這入ったのだそうだ。東片町《ひがしかたまち》の五番地の広田と云ううちに居るから、遊びに来いと云う。下宿かと聞くと、なに高等学校の先生の家だと答えた。

（9）

女は腰を曲《かが》めた。三四郎は知らぬ人に礼をされて驚いたと云うよりも、寧ろ礼の仕方の巧《たくみ》なのに驚いた。腰から上が、風に乗る紙の様にふわりと前に落ちた。しかも早い。それで、ある角度まで来て苦もなく確然《はっきり》と留った。無論習って覚えたものではない。

「一寸伺いますが……」と云う声が白い歯の間から出た。きりりとしている。然し鷹揚《おうよう》である。（中略）

「十五号室はどの辺になりましょう」

十五号は三四郎が今出て来た室《へや》である。

（中略）

女に十五号を聞かれた時、もう一辺よし子の室へ後戻りをして、案内すればよかった。残念な事をした。三四郎は今更取って帰す勇気はなかった。已《やむ》を得ず又五六歩あるいたが、今度はぴたりと留った。三四郎の頭の中に、女の結んでいたリボンの色が映った。そのリボンの色も質も、慥《たしか》に野々宮君が兼安《かねやす》で買ったものと同じであると考え出した時、三四郎は急に足が重くなった。

(10)

三四郎には三つの世界が出来た。一つは遠くにある。与次郎の所謂《いわゆる》明治十五年以前の香《か》がする。凡《すべ》てが平穏である代りに凡てが寝坊気《ねぼけ》ている。尤も帰るに世話はいらない。(中略)

第二の世界のうちには、苔《こけ》の生えた煉瓦造りがある。片隅から片隅を見渡すと、向うの人の顔がよく分らない程に広い閲覧室がある。梯子《はしご》を掛けなければ、手の届きかねるまで高く積み重ねた書物がある。手擢《てず》れ、指の垢《あか》、で黒くなっている。(中略)

第三の世界は燦《さん》として春のごとくうごいている。電燈がある。銀匙がある。歓声がある。笑語《しょうご》がある。泡立つ三鞭《シャンパン》の盃がある。そうして凡ての上に冠として美しい女性《にょしょう》がある。

(11)

三四郎は真面目になって、実はこの間から大学の図書館で、少しずつ本を借りて読むが、どんな本を借りても、必ず誰か目を通している。試しにアフラ、ベーンという人の小説を借りてみたが、やっぱりだれか読んだ痕があるので、読書範囲の際限が知りたくなったから聞いてみたと云う。

「アフラ、ベーンなら僕も読んだ」

広田先生のこの一言《いちごん》には三四郎も驚いた。

「驚いたな。先生は何でも人の読まないものを読む癖がある」と与次郎が云った。

広田先生は笑って座敷の方へ行く。着物を着換える為だろう。美禰子も尾《つ》いて出た。あとで与次郎が三四郎にこう云った。

「あれだから偉大な暗闇だ。何でも読んでいる。けれども些《ちっ》とも光らない。もう少し流行るものを読んでもう少し出娑婆《でしゃば》ってくれると可《い》いがな」

与次郎の言葉は決して冷評ではなかった。三四郎は黙って本箱を眺めていた。

(12)

「どれ僕も失礼しようか」と野々宮さんが腰を上げる。

「あらもう御帰り。随分ね」と美禰子が云う。

「この間のものはもう少し待ってくれたまえ」と広田先生が云うのを、「ええ、宜うござんす」と受けて、野々宮さんが庭から出て行った。その影が折戸の外へ隠れると、美禰子は急に思い出した様に「そうそう」と云いながら、庭先に脱いであった下駄を穿《は》いて、野々宮の後を追掛けた。表で何か話している。

三四郎は黙って坐っていた。

(13)

三四郎はよし子に対する敬愛の念を抱いて下宿へ帰った。葉書が来ている。（中略）その字が、野々宮さんの隠袋《ポケット》から半分食《は》み出していた封筒の上書《うわがき》に似ているので、三四郎は何遍も読み直して見た。

⒁

この一団の影を高い空気の下に認めた時、三四郎は自分の今の生活が熊本当時のそれよりも、ずっと意味の深いものになりつつあると感じた。曾《かつ》て考えた三個の世界のうちで、第二第三の世界は正にこの一団の影で代表されている。影の半分は薄黒い。半分は花野のごとく明かである。そうして三四郎の頭のなかではこの両方が渾然《こんぜん》として調和されている。のみならず、自分も何時の間にか、自然とこの経緯《よこたて》のなかに織り込まれている。ただそのうちの何処かに落ち付かない所がある。それが不安である。

⒂

三四郎は、

「広田先生や野々宮さんはさぞ後で僕等を探したでしょう」と始めて気が付いた様に云った。美禰子は寧ろ冷《ひや》やかである。

「なに大丈夫よ。大きな迷子ですもの」

「迷子だから探したでしょう」と三四郎はやはり前説を主張した。すると美禰子は、なお冷やかな調子で、

「責任を逃れたがる人だから、丁度好いでしょう」

「誰が？　広田先生がですか」

美禰子は答えなかった。

「野々宮さんがですか」

美禰子はやっぱり答えなかった。

(中略)

「迷子」

女は三四郎を見たままでこの一言を繰返した。三四郎は答えなかった。

「迷子の英訳を知っていらしって」

三四郎は知るとも、知らぬとも言い得ぬ程に、この問いを予期していなかった。

「教えて上げましょうか」

「ええ」

「迷える子《ストレイシープ》――解って?」

(中略)

迷える子《ストレイシープ》という言葉は解った様でもある。又解らない様でもある。解る解らないはこの言葉の意味よりも、寧ろこの言葉を使った女の意味である。三四郎はいたずらに女の顔を眺めて黙っていた。すると女は急に真面目になった。

「私そんなに生意気に見えますか」

その調子には弁解の心持がある。三四郎は意外の感に打たれた。今までは霧の中にいた。霧が晴れれば好いと思っていた。この言葉で霧が晴れた。明瞭な女が出て来た。晴れたのが恨めしい気がする。

（16）

下宿へ帰って、湯に入って、好い心持になって上がって見ると、机の上に絵葉書がある。小川を描いて、草をもじゃもじゃ生して、その縁に羊を二匹寝かして、その向こう側に大きな男が洋杖《ステッキ》を持って立っている所を写したものである。男の顔が甚だ獰猛《どうもう》に出来ている。全く西洋の絵にある悪魔《デヴィル》を模したもので、念の為め、傍にちゃんとデヴィルと仮名が振ってある。表は三四郎の宛名の下に、迷える子と小さく書いたばかりである。三四郎は迷える子の何者かをすぐ悟った。のみならず、葉書の裏に、迷える子を二匹書いて、その一匹を暗に自分に見立ててくれたのを甚だ嬉しく思った。迷える子のなかには、美禰子のみではない、自分ももとより這入っていたのである。それが美禰子の思わくであったと見える。（中略）

しきりに絵葉書を眺めて考えた。イソップにもない様な滑稽趣味がある。無邪気にも見える。洒落《しゃらく》でもある。そうして凡ての下に三四郎の心を動かすあるものがある。

（17）

立ったものは、新しい黒の制服を着て、鼻の下にもう髭《ひげ》を生やしている。背が頗る高い。立つには恰好の好い男である。演説めいた事を始めた。

（中略）

政治の自由を説いたのは昔の事である。言論の自由を説いたのも過去の事である。自由とは単にこれ等の表面にあらわれ易い事実の為めに専有されべき言葉ではない。吾等新時代の青年は偉大なる心の自由を説かねばならぬ時運に際会したと信ずる。

吾々は旧《ふる》き日本の圧迫に堪え得ぬ青年である。同時に新しき西洋の圧迫にも堪え得ぬ青年であるという事を、世間に発表せねばいられぬ状況の下に生きている。（中略）

我々は西洋の文芸を研究する者である。然し研究は何処までも研究である。その文芸のもとに屈従するのとは根本的に相違がある。我々は西洋の文芸に囚《とら》われんが為に、これを研究するのではない。囚われたる心を解脱せしめんが為に、これを研究しているのである。

（18）

三人が話しながら、ずるずるべったりに歩き出したものだから、際立った挨拶をする機会がない。二人は自分を引張って行く様に見える。自分もまた引っ張られて行きたい様な気がする。それで二人に食っ付いて池の端を図書館の横から、方角違いの赤門の方へ向いて来た。その時三四郎は、よし子に向って、

「御兄《おあに》さんは下宿をなすったそうですね」と聞いたら、よし子は、すぐ、

「ええ。とうとう。他《ひと》を美禰子さんの所へ押し付けて置いて。苛《ひど》いでしょう」と同意を求める様に云った。三四郎は何か返事をしようとした。その前に美禰子が口を開いた。

「宗八さんの様な方は、我々の考えじゃ分りませんよ。ずっと高い所に居て、大きな事を考えていらっしゃるんだから」と大いに野々宮さんを賞め出した。よし子は黙って聞いている。

（19）

三四郎が広田の家へ来るには色々な意味がある。一つは、この人の生活その他が普通のものと変っている。ことに

自分の性情とは全く容《い》れない様な所がある。そこで三四郎はどうしたらああなるだろうと云う好奇心から参考の為め研究に来る。次にこの人の前に出ると呑気《のんき》になる。世の中の競争が余り苦にならない。野々宮さんも広田先生と同じく世外《せがい》の趣はあるが、世外の功名心の為めに、流俗の嗜慾《しよく》を遠ざけているかの様に思われる。（中略）そこへ行くと広田先生は太平である。先生は高等学校でただ語学を教えるだけで、外に何の芸もない――と云っては失礼だが、外に何等の研究も公けにしない。しかも泰然と取り澄ましている。そこに、この暢気《のんき》の源は伏在しているのだろうと思う。三四郎は近頃女に囚われた。恋人に囚われたのなら、却って面白いが、惚れられているんだか、馬鹿にされているんだか、怖がって可いんだか、蔑んで可いんだか、廃《よ》すべきだか、続けべきだか訳の分らない囚われ方である。三四郎は忌々しくなった。そう云う時は広田さんに限る。三十分程先生と相対していると心持が悠揚になる。女の一人や二人どうなっても構わないと思う。実を云うと、三四郎が今夜出掛けて来たのは七分方この意味である。

(20)

「御母さんの云う事はなるべく聞いて上げるが可い。近頃の青年は我々時代の青年と違って自我の意識が強すぎて不可ない。吾々の書生をしている頃には、する事為す事一として他《ひと》を離れた事はなかった。凡てが、君とか、親とか、国とか、社会とか、みんな他《ひと》本位であった。それを一口にいうと教育を受けるものが悉《ことごと》く偽善家であった。その偽善が社会の変化で、とうとう張り通せなくなった結果、漸々《ぜんぜん》自己本位を思想行為の上に輸入すると、今度は我意識が非常に発展し過ぎてしまった。昔しの偽善家に対して、今は露悪家ばかりの状態にある。」

(21)

「――画と云えば、この間大学の運動会へ行って、里美と野々宮さんの妹のカリカチュアーを描いて遣ろうと思ったら、とうとう逃げられてしまった。こんだ一つ本当の肖像画を描いて展覧会にでも出そうかと思って」

「誰の」

「里美の妹の。どうも普通の日本の女の顔は歌麿式や何かばかりで、西洋の画布《カンヴァス》には移《うつり》が悪くって不可《いけ》ないが、あの女や野々宮さんは可《い》い。両方共に画になる。あの女が団扇《うちわ》を翳《かざ》して、木立を後に、明るい方を向いている所を等身《ライフサイズ》に写して見ようかしらと思ってる。西洋の扇は厭味で不可《いけ》ないが、日本の団扇《うちわ》は新しくって面白いだろう。とにかく早くしないと駄目だ。今に嫁にでも行かれようものなら、そう此方《こっち》の自由に行かなくなるかも知れないから」

三四郎は多大な興味を以て原口の話を聞いていた。ことに美禰子が団扇を翳している構図は非常な感動を三四郎に与えた。不思議の因縁が二人の間に存在しているのではないかと思う程であった。

(22)

「あんまり美しく画くと、結婚の申込が多くなって困るぜ」

「ハハハじゃ中位に画いて置こう。結婚と云えば、あの女も、もう嫁に行く時期だね。どうだろう、何処か好い口はないだろうか。里美にも頼まれているんだが」

(中略)

「あの女は自分の行きたい所でなくっちゃ行きっこない。勧めたって駄目だ。好きな人があるまで独身で置くがいい」

「全く西洋流だね。尤もこれからの女はみんなそうなるんだから、それも可《よ》かろう」

(23)

三四郎はその晩与次郎の性格を考えた。永く東京に居るとあんなになるものかと思った。それから里美へ金を借りに行く事を考えた。美禰子の所へ行く用事が出来たのは嬉しい様な気がする。然し頭を下げて金を借りるのは難有《ありがた》くない。三四郎は生れてから今日に至るまで、人に金を借りた経験のない男である。その上貸すと云う当人が娘である。独立した人間ではない。（中略）何しろ逢ってみよう。逢った上で、借りるのが面白くない様子だったら、断って、少時《しばらく》下宿の払を延ばして置いて、国から取り寄せれば事は済む。

(24)

二人は半町程無言のまま連れ立って来た。その間三四郎は始終美禰子の事を考えている。この女は我儘《わがまま》に育ったに違ない。それから家庭にいて、普通の女性《にょしょう》以上の自由を有して、万事意のごとく振舞うに違ない。こうして、誰の許諾も経ずに、自分と一所に、往来を歩くのでも分る。年寄の親がなくって、若い兄が放任主義だから、こうも出来るのだろうが、これが田舎であったらさぞ困ることだろう。（中略）すると与次郎が美禰子をイブセン流と評したのもなるほどと思い当る。但し俗礼に拘《かか》わらない所だけがイブセン流なのか、或いは腹の底の思想までも、そうなのか。そこは分らない。

(25)

美禰子は呼ばれた原口よりは、原口より遠くの野々宮を見た。見るや否や、二三歩後戻りをして三四郎の傍へ来た。

人に目立たぬ位に、自分の口を三四郎の耳へ近寄せた。そうして何か私語《ささや》いた。三四郎には何を云ったのか、少しも分らない。聞き直そうとするうちに、美禰子は二人の方へ引き返して行った。もう挨拶をしている。野々宮は三四郎に向って、

「妙な連《つれ》と来ましたね」と云った。三四郎が何か答えようとするうちに、美禰子が、

「似合うでしょう」と云った。野々宮さんは何とも云わなかった。くるりと後を向いた。

(26)

女が「小川さん」と云う。男は八の字を寄せて、空を見ていた顔を女の方へ向けた。

「悪くって? 先刻《さっき》のこと」

「可いです」

「だって」と云いながら、寄って来た。「私、何故だか、ああ為《し》たかったんですもの。野々宮さんに失礼する積りじゃないんですけれども」

女は瞳を定めて、三四郎を見た。三四郎はその瞳の中に言葉よりも深き訴を認めた。——必竟《ひっきょう》あなたの為にした事じゃありませんかと、二重瞼《ふたえまぶた》の奥で訴えている。

(27)

「笑わないで、よく考えてみろ。己《おれ》が金を返さなければこそ、君が美禰子さんから金を借りる事が出来たんだろう」

三四郎は笑うのを已《や》めた。

「それで？」

「それだけで沢山じゃないか。――君、あの女を愛しているんだろう」

与次郎は善く知っている。三四郎はふんと云って、又高い月を見た。月の側に白い雲が出た。

「君、あの女には、もう返したのか」

「いいや」

「何時までも借りて置いてやれ」

(28)
号鐘《ベル》が鳴って、二人肩を並べて教場を出るとき、与次郎が、突然聞いた。

「あの女は君に惚れているのか」

(中略)

「能く分らない」

与次郎は暫《しば》らく三四郎を見ていた。

「そう云う事もある。然し能く分ったとして、君、あの女の夫《ハズバンド》になれるか」

三四郎は未《いま》だ曾《かつ》てこの問題を考えた事がなかった。美禰子に愛せられるという事実その物が、彼女《かのおんな》の夫《ハズバンド》たる唯一の資格の様な気がしていた。云われてみると、なるほど疑問である。三四郎は首を傾けた。

「野々宮さんならなれる」と与次郎が云った。

「野々宮さんと、あの人とは何か今までに関係があるのか」

三四郎の顔は彫り付けた様に真面目であった。与次郎は一口、

「知らん」と云った。三四郎は黙っている。

(29)

手紙の文句は、書いた人の、書いた当時の気分を素直に表わしたものではあるが、無論書き過ぎている。三四郎は出来るだけの言葉を層々と排列して感謝の意を熱烈に致した。普通のものから見れば殆ど借金の礼状とは思われない位に、湯気の立ったものである。(中略)三四郎はこの手紙を郵函《ポスト》に入れるとき、時を移さぬ美禰子の返事を予期していた。ところが折角の封書はただ行ったままである。それから美禰子に逢う機会は今日までなかった。(中略)二人の女は笑いながら側へ来て、一所に襯衣《シャツ》を見てくれた。仕舞に、よし子が「これになさい」と云った。三四郎はそれにした。今度は三四郎の方が香水の相談を受けた。一向分らない。ヘリオトロープと書いてある壜《びん》を持って、好加減に、これはどうですと云うと、美禰子が、「それに為《し》ましょう」とすぐ極めた。三四郎は気の毒な位であった。

(30)

「原口さんの画を御覧になって、どう御思いなすって」

答え方が色々あるので、三四郎は返事をせずに少しの間歩いた。

「余《あんま》り出来方が早いので御驚ろきなさりゃしなくって」

(中略)

「何時から取掛ったんです」

（中略）

「あの服装《なり》で分るでしょう」

三四郎は突然として、始めて池の周囲《まわり》で美禰子に逢った暑い昔を思い出した。

「そら、あなた、椎《しい》の木の下にしゃがんでいらしったじゃありませんか」

「あなたは団扇《うちわ》を翳《かざ》して、高い所に立っていた」

「あの画の通りでしょう」

「ええ。あの通りです」

二人は顔を見合わした。

（31）

向うから車が走《か》けて来た。黒い帽子を被《かぶ》って、金縁の眼鏡を掛けて、遠くから見ても色光沢《いろつや》の好い男が乗っている。この車が三四郎の眼に這入《はい》った時から、車の上の若い紳士は美禰子の方を見詰めているらしく思われた。二三間先へ来ると、車を急に留めた。前掛を器用に跳《は》ね退けて、蹴込《けこ》みから飛び下りた所を見ると、背のすらりと高い細面の立派な人であった。髭《ひげ》を奇麗に剃《す》っている。それでいて、全く男らしい。

「今まで待っていたけれども、余り遅いから迎えに来た」と美禰子の前に立った。見下して笑っている。

（32）

「夢だよ。夢だから分るさ。そうして夢だから不思議で好い。僕が何でも大きな森の中を歩いている。（中略）突然その女に逢った。行き逢ったのではない。向うは凝《じっ》と立っていた。見ると、昔の通りの顔をしている。昔の通りの服装《なり》をしている。髪も昔の髪である。（中略）あなたはどうして、そう変らずにいるのかと聞くと、この顔の年、この服装《なり》の月、この髪の日が一番好きだから、こうしていると云う。それは何時の事かと聞くと、二十年前、あなたに御目にかかった時だという。それなら僕は何故こう年を取ったんだろうと、自分で不思議がると、女が、あなたは、その時よりも、もっと美しい方へ方へと御移りなさりたがるからだと教えてくれた。その時僕が女に、あなたは画だと云うと、女が僕に、あなたは詩だと云った」

(33)

「二十《はたち》前後の同じ年の男女《なんにょ》を二人並べてみろ。女の方が万事上手《うわて》だあね。男は馬鹿にされるばかりだ。女だって、自分の軽蔑する男の所へ嫁に行く気は出ないやね。（中略）よく金持の娘や何かにそんなのがあるじゃないか、望んで嫁に来て置きながら、亭主を軽蔑しているのが。美禰子さんはそれよりずっと偉い。その代り、夫として尊敬の出来ない人の所へは始から行く気はないんだから、相手になるものはその気でいなくっちゃ不可《いけ》ない。そう云う点で君だの僕だのは、あの女の夫になる資格はないんだよ」

三四郎はとうとう与次郎と一所にされてしまった。然し依然として黙っていた。

(34)

よし子は風呂敷包の中から、蜜柑《みかん》の籃《かご》を出した。

「美禰子さんの御注意があったから買って来ました」と正直な事を云う。どっちの御見舞《おみやげ》だか分らない。三四郎はよし子に対して礼を述べて置いた。

(中略)

「蜜柑を剝《む》いて上げましょうか」

女は青い葉の間から、果物を取り出した。渇いた人は、香《か》に迸《ほとばし》る甘い露を、したたかに飲んだ。

「美味《おいし》いでしょう。美禰子さんの御見舞《おみやげ》よ」

「もう沢山」

女は袂《たもと》から白い手帛《ハンケチ》を出して手を拭いた。

「野々宮さん、あなたの御縁談はどうなりました」

「あれぎりです」

「美禰子さんにも縁談の口があるそうじゃありませんか」

「ええ、もう纏《まとま》りました」

「誰ですか、先は」

「私を貰うと云った方なの。ほほほ可笑《おかし》いでしょう。美禰子さんの御兄《おあにい》さんの御友達よ。(中略)」

「あなたは御嫁には行かないんですか」

「行きたい所がありさえすれば行きますわ」

女はこう云い捨てて心持よく笑った。まだ行きたい所がないに極っている。
(35)

「拝借した金です。永々難有《ありがと》う。返そう返そうと思って、つい遅くなった」

美禰子は一寸三四郎の顔を見たが、そのまま逆らわずに、紙包を受け取った。（中略）

「そう。じゃ頂いて置きましょう」

女は紙包を懐へ入れた。その手を吾妻コートから出した時、白い手帛《ハンケチ》を持っていた。鼻の所へ宛てて、三四郎を見ている。手帛《ハンケチ》を嗅ぐ様子でもある。やがて、その手を不意に延ばした。手帛《ハンケチ》が三四郎の顔の前へ来た。鋭い香《かおり》がぷんとする。

「ヘリオトロープ」と女が静かに云った。三四郎は思わず顔を後《あと》へ引いた。ヘリオトロープの壜《びん》。四丁目の夕暮。迷羊《ストレイシープ》。迷羊《ストレイシープ》。空には高い日が明かに懸る。

「結婚なさるそうですね」

美禰子は白い手帛《ハンケチ》を袂《たもと》へ落した。

「御存じなの」と云いながら、二重《ふたえ》瞼《まぶた》を細目にして、男の顔を見た。三四郎を遠くに置いて、却《かえっ》て遠くにいるのを気遣い過ぎた眼付である。（中略）

女はややしばらく三四郎を眺めた後、聞兼ねる程の嘆息《ためいき》をかすかに漏らした。やがて細い手を濃い眉の上に加えて云った。

「われは我が愆《とが》を知る。我が罪は常に我が前にあり」

聞き取れない位な声であった。それを三四郎は明かに聞き取った。三四郎と美禰子はかようにして分れた。

「森の女」の前には開会の当日から人が一杯集《たか》った。（中略）

美禰子は夫に連られて二日目に来た。原口さんが案内をした。「森の女」の前へ出た時、原口さんは「どうです」と二人を見た。夫は「結構です」と云って、眼鏡の奥からじっと眸《ひとみ》を凝らした。

「この団扇《うちわ》を翳《かざ》して立った姿勢が好い。さすが専門家は違いますね。能《よ》くここに気が付いたものだ。（中略）」

「いや皆御当人の御好みだから。僕の手柄じゃない」

「御蔭さまで」と美禰子が礼を述べた。

「私も、御蔭さまで」と今度は原口さんが礼を述べた。

夫は細君の手柄だと聞いてさも嬉しそうである。三人のうちで一番鄭重《ていちょう》な礼を述べたのは夫である。

（37）
開会後第一の土曜の午過《ひるすぎ》には大勢一所に来た。――広田先生と野々宮さんと与次郎と三四郎と。四人《よったり》は余所《よそ》を後廻しにして、第一に「森の女」の部屋に這入った。与次郎が「あれだ、あれだ」と云う。人が沢山集《たか》っている。三四郎は入口で一寸躊躇《ちゅうちょ》した。野々宮さんは超然として這入った。

（中略）

野々宮さんは目録へ記号《しるし》を付ける為に、隠袋《かくし》へ手を入れて鉛筆を探した。鉛筆がなくって、一枚の活版摺《ずり》の端書が出て来た。見ると、美禰子の結婚披露の招待状であった。披露はとうに済んだ。野々宮さんは広田先生と一所にフロックコートで出席した。三四郎は帰京の当日この招待状を下宿の机の上に見た。時期は既に過ぎていた。

野々宮さんは、招待状を引き千切って床の上に棄てた。やがて先生と共に他の画の評に取り掛る。与次郎だけが三四郎の傍へ来た。

「どうだ森の女は」

「森の女と云う題が悪い」

「じゃ、何とすれば好いんだ」

三四郎は何とも答えなかった。ただ口の中で迷羊《ストレイシープ》、迷羊《ストレイシープ》と繰返した。

Ⅵ

谷崎潤一郎『刺青』

(『新思潮』明治四三年一一月)

それはまだ人々が「愚《おろか》」と云う貴い徳を持っていて、世の中が今のように激しく軋《きし》み合わない時分であった。殿様や若旦那の長閑《のどか》な顔が曇らぬように、御殿女中や華魁《おいらん》の笑いの種が尽きぬようにと、饒舌《じょうぜつ》を売るお茶坊主だの幇間だのと云う職業が、立派に存在して行けた程、世間がのんびりしていた時分であった。女定九郎《さだくろう》、女自雷也《じらいや》、女鳴神《なるかみ》、――当時の芝居でも草双紙でも、すべて美しい者は強者であり、醜い者は弱者であった。誰も彼も挙《こぞ》って美しからむと努めた揚句は、天稟《てんぴん》の体へ絵の具を注《つ》ぎ込む迄になった。芳烈な、或は絢爛《けんらん》な、線と色とがその頃の人々の肌に躍った。馬道を通うお客は、見事な刺青《ほりもの》のある駕籠舁《かごかき》を選んで乗った。吉原、辰巳《たつみ》の女も美しい刺青の男に惚れた。博徒、鳶《とび》の者はもとより、町人から稀《まれ》には侍なども入墨《いれずみ》をした。時々両国で催される刺青会では参会者おのおの肌を叩いて、互に奇抜な意匠を誇り合い、評しあった。

清吉と云う若い刺青師《ほりものし》の腕ききがあった。浅草のちゃり文、松島町の奴平《やっへい》、こんこん次郎などにも劣らぬ名手であると持て囃《はや》されて、何十人の人の肌は、彼の絵筆の下に絖地《ぬめぢ》となって拡げられた。刺青会で好評を博す刺青の多くは彼の手になったものであった。達磨金《だるまきん》はぼかし刺《ぼり》が得意と云われ、唐草権太は朱刺《しゅぼり》の名手と讃えられ、清吉は又奇警な構図と妖艶な線とで名を知られた。

もと豊国国貞の風を慕って、浮世絵師の渡世をしていただけに、刺青師に堕落してからの清吉にもさすが画工《えかき》らしい良心と、鋭感とが残っていた。彼の心を惹きつける程の皮膚と骨組みとを持つ人でなければ、彼の刺青を購《あがな》う訳には行かなかった。たまたま描いて貰えるとしても、一切の構図と費用とを彼の望むがままにして、その上堪え難い針先の苦痛を、一と月も二た月もこらえねばならなかった。

この若い刺青師の心には、人知らぬ快楽と宿願とが潜んでいた。彼が人々の肌を針で突き刺す時、真紅に血を含んで脹《ふく》れ上る肉の疼《うず》きに堪えかねて、大抵の男は苦しき呻《うめ》き声を発したが、その呻きごえが激しければ激しい程、彼は不思議に云い難き愉快を感じるのであった。刺青のうちでも殊《こと》に痛いと云われる朱刺、ぼかしぼり、――それを用うる事を彼は殊更喜んだ。一日平均五六百本の針に刺されて、色上げを良くする為め湯へ浴《つか》って出て来る人は、皆半死半生の体《てい》で清吉の足下に打ち倒れたまま、暫《しばら》くは身動きさえも出来なかった。その無残な姿をいつも清吉は冷やかに眺めて、

「さぞお痛みでがしょうなあ」

と云いながら、快さそうに笑っている。

意気地のない男などが、まるで知死期《ちしご》の苦しみのように口を歪《ゆが》め歯を喰いしばり、ひいひいと悲鳴をあげる事があると、彼は、

「お前さんも江戸っ児だ。辛抱しなさい。――この清吉の針は飛び切りに痛《いて》えのだから」

こう云って、涙にうるむ男の顔を横目で見ながら、かまわず刺《ほ》って行った。また我慢づよい者がグッと胆《きも》を据えて、眉一つしかめず怺《こら》えていると、

「ふむ、お前さんは見掛けによらねえ突《つ》っ張者だ。――だが見なさい、今にそろそろ疼《うず》き出して、どうにもこうにもたまらないようになろうから」

と、白い歯を見せて笑った。

彼の年来の宿願は、光輝ある美女の肌を得て、それへ己れの魂を刺《ほ》り込む事であった。その女の素質と容貌とに就いては、いろいろの注文があった。啻《ただ》に美しい顔、美しい肌とのみでは、彼は中々満足する事が出来なかった。江戸中の色町に名を響かせた女と云う女を調べても、彼の気分に適《かな》った味わいと調子とは容易に見つからなかった。まだ見ぬ人の姿かたちを心に描いて、三年四年は空しく憧れながらも、彼はなおその願いを捨てずにいた。

丁度四年目の夏のとあるゆうべ、深川の料理屋平清《ひらせい》の前を通りかかった時、彼はふと門口に待っている駕籠《かご》の簾《すだれ》のかげから、真っ白な女の素足のこぼれているのに気がついた。鋭い彼の眼には、人間の足はその顔と同じように複雑な表情を持って映った。その女の足は、彼に取っては貴き肉の宝玉であった。拇指《おやゆび》から起って小指に終る繊細な五本の指の整い方、絵の島の海辺で獲れるうすべに色の貝にも劣らぬ爪の色合い、珠《たま》のような踵《きびす》のまる味《み》、清冽な岩間の水が絶えず足下を洗うかと疑われる皮膚の潤沢。この足こそは、やがて男の生血に肥え太り、男のむくろを踏《ふ》みつける足であった。この足を持つ女こそは、彼が永年《ながねん》たずねあぐんだ、女の中の女であろうと思われた。清吉は躍りたつ胸をおさえて、その人の顔が見たさに駕籠の後を追いかけたが、二三町行くと、もうその影は見えなかった。

清吉の憧れごこちが、激しき恋に変ってその年も暮れ、五年目の春も半ば老い込んだ或る日の朝であった。彼は深川佐賀町の寓居《ぐうきょ》で、房楊枝《ふさようじ》をくわえながら、錆竹《さびたけ》の濡れ縁に萬年青《おもと》の鉢を眺めていると、庭の裏木戸を訪《おとな》うけはいがして、袖垣のかげから、ついぞ見馴れぬ小娘が這入って来た。

それは清吉が馴染の辰巳の芸妓から寄こされた使の者であった。

「姐《ねえ》さんからこの羽織《はおり》を親方へお手渡しして、何か裏地へ絵模様を画《か》いて下さるようにお頼み申せって……………」

と、娘は鬱金《うこん》の風呂敷をほどいて、中から岩井杜若《いわいとじゃく》の似顔画のたとうに包まれた女羽織と、一通の手紙とを取り出した。

その手紙には羽織のことをくれぐれも頼んだ末に、使の娘は近々に私の妹分として御座敷へ出る筈故《はずゆえ》、私の事も忘れずに、この娘《こ》も引き立ててやって下さいと認《したた》めてあった。

「どうも見覚えのない顔だと思ったが、それじゃお前はこの頃此方《こっち》へ来なすったのか」

こう云って清吉は、しげしげと娘の姿を見守った。年頃は漸《ようよ》う十六か七かと思われたが、その娘の顔は、不思議にも長い月日を色里《いろざと》に暮らして、幾十人の男の魂を弄《もてあそ》んだ年増のように物凄く整っていた。それは国中の罪と財《たから》との流れ込む都の中で、何十年の昔から生き代り死に代ったみめ麗しい多くの男女の、夢の数々から生れ出ずべき器量であった。

「お前は去年の六月ごろ、平清から駕籠で帰ったことがあろうがな」

こう訊ねながら、清吉は娘を縁へかけさせて、備後表《びんごおもて》の台に乗った巧緻な素足を仔細に眺めた。

「ええ、あの時分なら、まだお父さんが生きていたから、平清へもたびたびまいりましたのさ」

と、娘は奇妙な質問に笑って答えた。

「丁度これで足かけ五年、己はお前を待っていた。顔を見るのは始めてだが、お前の足にはおぼえがある。――お前に見せてやりたいものがあるから、上ってゆっくり遊んで行くがいい」

と、清吉は暇《いとま》を告げて帰ろうとする娘の手を取って、大川の水に臨む二階座敷へ案内した後、巻物を二本とり出して、先ずその一つを娘の前に繰り展《ひろ》げた。

それは古の暴君紂王《ちゅうおう》の寵妃《ちょうひ》、末喜《ばっき》を描いた絵であった。瑠璃珊瑚《るりさんご》を鏤《ちりば》めた金冠の重さに得堪えぬなよやかな体を、ぐったり勾欄《こうらん》に靠《もた》れて、羅綾《らりょう》の裳裾《もすそ》を階《きざはし》の中段にひるがえし、右手に大杯を傾けながら、今しも庭前に刑せられんとする犠牲《いけにえ》の男を眺めている妃の風情と云い、鉄の鎖で四肢を銅柱へ縛《ゆ》いつけられ、最後の運命を待ち構えつつ、妃の前に頭をうなだれ、眼を閉じた男の顔色と云い、物凄い迄に巧《たくみ》に描かれていた。

娘は暫《しばら》くこの奇怪な絵の面《おもて》を見入っていたが、知らず識《し》らずその瞳は輝きその唇は顫《ふる》えた。怪しくもその顔はだんだんと妃の顔に似通って来た。娘は其処に隠れたる真の「己《おのれ》」を見出した。

「この絵にはお前の心が映っているぞ」

こう云って、清吉は快《こころよ》げに笑いながら、娘の顔をのぞき込んだ。

「どうしてこんな恐ろしいものを、私にお見せなさるのです」

と、娘は青褪《あおざ》めた額《ひたい》を擡《もた》げて云った。

「この絵の女はお前なのだ。この女の血がお前の体に交っている筈だ」

と、彼は更に他の一本の画幅《がふく》を展《ひろ》げた。

それは「肥料」と云う画題であった。画面の中央に、若い女が桜の幹へ身を倚《よ》せて、足下に累々と斃《たお》れている多くの男たちの屍骸《むくろ》を見つめている。女の身辺を舞いつつ凱歌《かちどき》をうたう小鳥の群、女の瞳に溢れたる抑え難き誇りと歓びの色。それは戦《たたかい》の跡の景色か、花園の春の景色か。それを見せられた娘は、われとわが心の底に潜んでいた何物かを、探りあてたる心地であった。

「これはお前の未来を絵に現わしたのだ。ここに斃《たお》れている人達は、皆これからお前の為めに命を捨てるのだ」

こう云って、清吉は娘の顔と寸分《すんぶん》違わぬ画面の女を指さした。

「後生《ごしょう》だから、早くその絵をしまって下さい」

と、娘は誘惑を避けるが如く、画面に背《そむ》いて畳の上へ突俯《つっぷ》したが、やがて再び唇をわななかした。

「親方、白状します。私はお前さんのお察し通り、その絵の女のような性分を持っていますのさ。――だからもう堪忍して、それを引っ込めておくんなさい」

「そんな卑怯なことを云わずと、もっとよくこの絵を見るがいい。それを恐ろしがるのも、まあ今のうちだろうよ」

こう云った清吉の顔には、いつもの意地の悪い笑いが漂っていた。

然《しか》し娘の頭《つむり》は容易に上らなかった。襦袢《じゅばん》の袖に顔を蔽うていつまでも突俯《つっぷ》したまま、

「親方、どうか私を帰しておくれ。お前さんの側にいるのは恐ろしいから」

と、幾度か繰り返した。

「まあ待ちなさい。己がお前を立派な器量の女にしてやるから」

と云いながら、清吉は何気なく娘の側《そば》に近寄った。彼の懐には嘗《かつ》て和蘭《オランダ》医から貰った麻睡剤の罎《びん》が忍ばせてあった。

日はうららかに川面を射て、八畳の座敷は燃えるように照った。水面から反射する光線が、無心に眠る娘の顔や、障子の紙に金色《こんじき》の波紋を描いてふるえていた。部屋のしきりを閉《た》て切って刺青の道具を手にした清吉は、暫《しば》くはただ恍惚《うっとり》としてすわっているばかりであった。彼は今始めて女の妙相《みょうそう》をしみじみ味わう事が出来た。その動かぬ顔に相対して、十年百年この一室に静坐するとも、なお飽くことを知るまいと思われた。古のメンフィスの民が、荘厳なる埃及《エジプト》の天地を、ピラミッドとスフィンクスとで飾ったように、清吉は清浄な人間の皮膚を、自分の恋で彩ろうとするのであった。

やがて彼は左手の小指と無名指《ななしゆび》と拇指《おやゆび》の間に挿んだ絵筆の穂を、娘の背にねかせ、その上から右手で針を刺して行った。若い刺青師の霊《こころ》は墨汁の中に溶けて、皮膚に滲《にじ》んだ。焼酎《しょうちゅう》に交ぜて刺《ほ》り込む琉球朱《りゅうきゅうしゅ》の一滴々々は、彼の命のしたたりであった。彼はそこに我が魂の色を見た。

いつしか午《ひる》も過ぎて、のどかな春の日は漸《よう》く暮れかかったが、清吉の手は少しも休まず、女の眠りも破れなかった。娘の帰りの遅きを案じて迎いに出た箱屋までが、

「あの娘《こ》ならもう疾《と》うに帰って行きましたよ」

と云われて追い返された。月が対岸の土州《としゅう》屋敷の上にかかって、夢のような光が沿岸一帯の家々の座敷に流れ込む頃には、刺青はまだ半分も出来上らず、清吉は一心に蝋燭《ろうそく》の心《しん》を掻《か》き立てていた。

一点の色を注ぎ込むのも、彼に取っては容易な業《わざ》でなかった。さす針、ぬく針の度毎《たびごと》に深い吐息をついて、自分の心

が刺されるように感じた。針の痕《あと》は次第々々に巨大な女郎蜘蛛《じょろうぐも》の形象《かたち》を具え始めて、再び夜がしらしらと白み初《そ》めた時分には、この不思議な魔性の動物は、八本の肢《あし》を伸ばしつつ、背一面に蟠《わだかま》った。

春の夜は、上り下りの河船《かわふね》の櫓声《ろごえ》に明け放れて、朝風を孕《はら》んで下る白帆《しらほ》の頂から薄らぎ初める霞《かすみ》の中に、中洲、箱崎、霊岸島の家々の甍《いらか》がきらめく頃、清吉は漸く絵筆を擱《お》いて、娘の背に刺り込まれた蜘蛛のかたちを眺めていた。その刺青こそは彼が生命のすべてであった。その仕事をなし終えた後の彼の心は空虚《うつろ》であった。

二つの人影はそのまま稍々《やや》暫《しばら》く動かなかった。そうして、低く、かすれた声が部屋の四壁《しへき》にふるえて聞えた。

「己はお前をほんとうの美しい女にする為めに、刺青の中へ己の魂をうち込んだのだ、もう今からは日本国中に、お前に優《まさ》る女は居ない。お前はもう今までのような臆病な心は持っていないのだ。男と云う男は、皆なお前の肥料《こやし》になるのだ。……」

その言葉が通じたか、かすかに、糸のような呻き声が女の唇にのぼった。娘は次第々々に知覚を恢復《かいふく》して来た。重く引き入れては、重く引き出す肩息に、蜘蛛の肢は生けるがごとく蠕動《ぜんどう》した。

「苦しかろう。体を蜘蛛が抱きしめているのだから」

こう云われて娘は細く無意味な眼を開いた。その瞳は夕月の光を増すように、だんだんと輝いて男の顔に照った。

「親方、早く私に背《せなか》の刺青を見せておくれ、お前さんの命を貰った代りに、私はさぞ美しくなったろうねえ」

娘の言葉は夢のようであったが、しかしその調子にはどこか鋭い力がこもっていた。

「まあ、これから湯殿へ行って色上げをするのだ。苦しかろうがちッと我慢をしな」

と、清吉は耳元へ口を寄せて、労《いた》わるように囁《ささや》いた。

「美しくさえなるのなら、どんなにでも辛抱して見せましょうよ」

と、娘は身内《みうち》の痛みを抑えて、強いて微笑んだ。

「ああ、湯が滲《し》みて苦しいこと。……親方、後生だから私を打っ捨《ちゃ》って、二階へ行って待っていておくれ、私はこんな悲惨《みじめ》な態《ざま》を男に見られるのが口惜しいから」

娘は湯上りの体を拭いもあえず、いたわる清吉の手をつきのけて、激しい苦痛に流しの板の間へ身を投げたまま、魘《うな》されるごとくに呻いた。気狂《きちがい》じみた髪が悩ましげにその頬へ乱れた。女の背後には鏡台が立てかけてあった。真っ白な足の裏が二つ、その面へ映っていた。

昨日とは打って変った女の態度に、清吉はひとかたならず驚いたが、云われるままに独り二階に待って居ると、凡《およ》そ半時ばかり経《た》って、女は洗い髪を両肩へすべらせ、身じまいを整えて上って来た。そうして苦痛《くるしみ》のかげもとまらぬ晴れやかな眉を張って、欄干《らんかん》に靠《もた》れながらおぼろにかすむ大空を仰いだ。

「この絵は刺青と一緒にお前にやるから、それを持ってもう帰るがいい」

こう云って清吉は巻物を女の前にさし置いた。

「親方、私はもう今までのような臆病な心を、さらりと捨ててしまいました。――お前さんは真先に私の肥料《こやし》になったんだねえ」

と、女は剣《つるぎ》のような瞳を輝かした。その耳には凱歌《がいか》の声がひびいていた。

「帰る前にもう一遍、その刺青を見せてくれ」

清吉はこう云った。

女は黙って頷《うなず》いて肌を脱いだ。折から朝日が刺青の面《おもて》にさして、女の背《せなか》は燦爛《さんらん》とした。

本書は平成一七（二〇〇五）年白地社より刊行した『明治文藝名作散歩』を改訂したものである。再版にあたって、内容を改め再度校正し、文字表記の統一性を一層図るとともに、難読と思われる漢字については、適宜ルビを振った。

新版　作品で読む明治文学

2018年8月21日　初刷発行

編　者　京都橘大学日本語日本文学科
発行者　岡元学実

発行所　株式会社　新典社

〒101－0051　東京都千代田区神田神保町1－44－11
営業部　03－3233－8051　編集部　03－3233－8052
ＦＡＸ　03－3233－8053　振　替　00170－0－26932
検印省略・不許複製
印刷所　惠友印刷㈱　製本所　牧製本印刷㈱

©Kyototachibanadaigaku nihongonihonbungakuka 2018
ISBN978-4-7879-0645-8 C0093
http://www.shintensha.co.jp/
E-Mail:info@shintensha.co.jp